6563
H

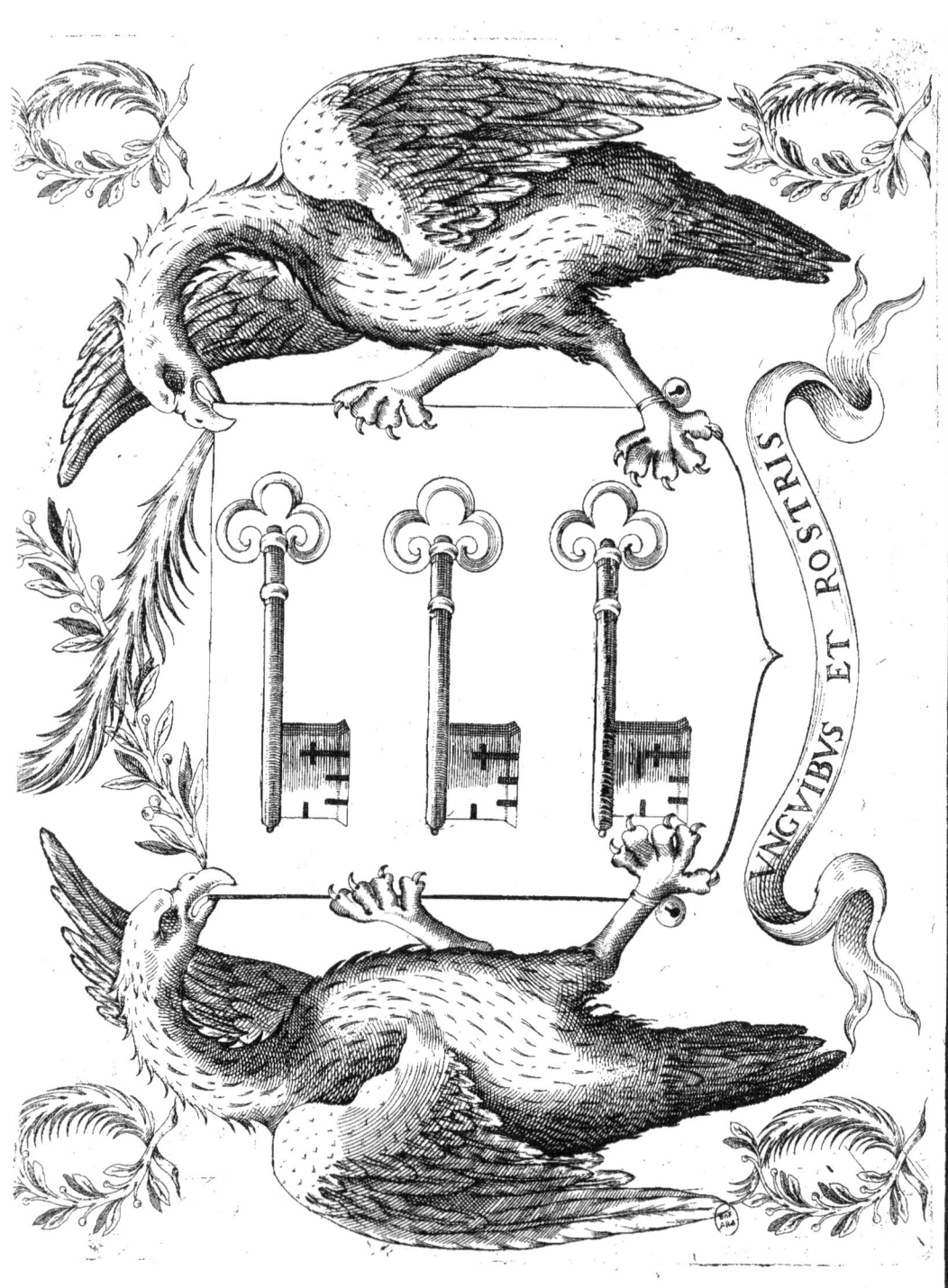

UNGUIBUS ET ROSTRIS

L'AVGVSTE PIETÉ
DE LA
ROYALE MAISON
DE BOURBON
SUJET
DE L'APPAREIL FAIT
A AVIGNON
POVR LA RECEPTION
DE MONSEIGNEVR LE DVC DE BOVRGOGNE
ET
DE MONSEIGNEVR LE DVC DE BERRY,

DURANT LE CONSULAT.
DE M. LE MARQVIS DE SADE,
DE M. J. B. BARBIER,
DE M. P. GOLLIER,
ET DE M. C. BAYOL Asseffeur.

Par le P. J. J. BONTOVS de la Compagnie de JESUS.

A AVIGNON,
Chez FRANÇOIS SEBASTIEN OFFRAY, Imprimeur & Marchand Libraire demeurant
à la place Saint Didier.
M. D. CCI.

BEATISSIMO PATRI
CLEMENTI XI.
PONTIFICI MAXIMO·
TRIVMPHALEM
AVENIONIS APPARATVM·
D. D. C.

Iac. Iof. BONTOVS , 'e Soc. IESV.

VOS mihi Pierios, ad carmina pandite , fontes ;
Virtutum gens alma , Sacro de monte , Sorores ,
Et vero plenum me, Numine, reddite vatem;
Tuque adeo, Venerande , *piis,* Pater *annue cæptis.*
O *mihi iuffa › novas poßint fi marmora formas ,*
Sumere , ad Imperium Genii fingentis , & alter
Amphijon videam ad numeros concurrere faxa,
Mox Pario fructum furgat tibi marmore Templum,
Quod variis ornent virtutum Emblemata fignis :
Et Iani, *& Titi non impar arcubus , arcus ,*
Sacra, triumphali difponat fymbola cultu,
Surgat & æthereas ingens Obelifcus *in auras,*
Qui nullo, Albani , *moriturum tempore , Nomen ;*
Altius extollat , fublimi in fronte legendum,

Arcus in
Romana
Pópa Cle-
menti nu-
per dicati.

ã

Quin, si fortè meos nutu dignabere cantus,
Ampla Trophæa, duce ingenio, venàque magistrâ,
Adiiciam, monumenta tui immortalia Regni,
Mitra, Tiara, Pedum, Sacræque volumina Legis,
Annulus, & Claves, verandæ insignia sedis,
Hoc veniant collecta simul calanda Trophæo,
Moxque Sacris miscens Augusta Emblemata signis,

Clemens XI. Eligitur Patrum omnium votis. Phidiacus sculptor, vultum Clementis & ora,
Fingat, & hinc Pietas, teque hinc Doctrina coronet.
Hic referam ut sacro, fulgentes, murice Patres
Te voto unanimi, Sancto de more, salutant,
Et cælo plaudente, audis Magni Arbiter Orbis.

Non tenuit sanctum, quæ sensit gaudia Pectus,
Relligio, simul alma Fides, Pietasque per Urbem
Albanum inclamant : Septenis montibus Echo
Respondet, fremituque via, plausuque triumphant :

Ad Vaticanam Basilicam Adorandus de portatur. Jamque quater Geminus, solemni in veste, minister
Attollit Sacris humeris venerabile pondus,
Succollantque leves trabea Regalis in ostro.
En ! ut supplicibus, Gens Religiosa coronat
Templa, vicos, Turmis qua flexo poplite, adorent,
Auratâ, Sanctum venientem in sede Parentem :
Lætitia ingenti, visa affectare Triumphum
Roma caput Mundi, vastique vicaria cæli,
Innumerasque artes, pulchra in spectacula promit.

Mox nova succedunt primis. Velut alter Aaron
Chrismatis, Ambrosio, puri tingendus olivo,

Inauguratur Episcopus ab Eminent. Cardin. Bullonio. Accedis, tangisque aras. Stat grande virorum
Agmen ; & accinctis fervent sacra templa ministris.
Pro facto (Decane Patrum) Te rara manebit
Gloria, & in seros Pietas laudabitur annos :
Vix aliis datur ad Sacras procumbere plantas,
Augustam, tibi dant superi pertingere Frontem.

At cui Fata dabunt Trini *Diademata* Regni
Romanam, *Augusto capiti, conferre* Tiaram?
(*Hæc tua laus* Præses primævi, Pamphile, Templi.)
 Hîc nova se rerum facies, novus obiicit ordo:
Purpurei *subeunt* Proceres, *sanctique Senatûs*
Maiestas it lenta comes; mox ordine longo
Officiis distincta suis, micat aurea Pubes,
Inceditque ferox, multo spectandus in auro
Multus Eques, sagulis fulgens, densaque sequuntur
Hinc turmæ: medium tenet in tot millibus agmen
Relligio, sanctamque iubet procedere Pompam,
Et cunctis partita vices sua munera monstrat.
 Interea fervére via, mox compita festis
Frondibus ornari, longisque Tapetibus ædes:
Quin etiam arrisere, Sacri Pars Magna triumphi,
Aligerûm cunei, Pompæ Solemnis honorem
Auxit lata cohors, alboque in syrmate, Magnum
Clementem *ætherei circumcinxere Ministri.*
Quantus eras! dum te sublimem (Summe Sacerdos)
Inter odoratas nubes, vocésque canoras,
Nablia, Sistra, Tubas, Cytharas, Lituosque sonantes
Roma Lateranis *spectandum induceret* Aris,
Lætitiaque, simul missas ad sydera voces
Exciperes, veros populi redamantis honores.
 At quando superûm nutu, post publica mundi
Vota, Quirinali Mitrâ, *Solioque refulges,*
Non huc laudis amor, non huc, suffragia blandis
Officiis quæsita, viam fecere petenti;
Sed veri, rectique tenax, atque integra virtus,
Et magnis, iam dudùm animi vis cognita, rebus.
His gradibus Petri Solium *conscendis, & inde,*
Imperium exerces Cælo, terrísque tremendum;
Spes, & vota hominum meritis ingentibus æquas.

Corona-
tur ab
Eminen-
tiss. Car-
din. Pam-
philo.

Institui-
tur Pompa
triumpha-
lis ad Ba-
silicam
Lateran.

Nec steriles volvis patrio sub pectore curas :

Vix bene Apostolici dederas Primordia Regni,

Jubilæum Orbi Christiano concessum. Cum fractis, votiva aperis Capitolia valvis,

Indicit Tuba Sancta Diem, Tempusque Salutis,

Oratisque iubes mitescere sydera Divis,

Propitiamque iterùm circumfluit Orbis in Urbem.

Quis referat, te cura Sacri qua pungat ovilis?

Peregrini ab Optimo Pastore Excepti. Sedulus ut foveas mentes, & Corpora Pascas,

Alloquio ut mæstos recrees, Soleris Egenos,

O Pietas! Positis aptas mantilia mensis,

Hospitibusque cibos, & grata cubilia ponis!

Dumque doces facienda, geris memoranda vicißim.

Pacis inter PrincipesChristianos concilandæ studium. Prosequar? ut sævam Bellorum extinguere pestem,

Optatam & satagis cœlo deducere Pacem ;

Nam bonus aspiras Pacem, mediumque Parentem

Regibus infensis offers ; moderamine sancto,

Pastorem, Patremque gerens, pratendis Olivam.

Lætus ad hos Titulos consurgo, atque omine fausto

Gratulor, Æternumque appendo è limine votum,

Vivat io, superi, Clemens, longùmque triumphet !

Ut non est, tanto, citius nec dignius alter,

Munere gavisus, sic nemo diutius illo,

Accipe Thiaram & scias te esse Patrem Principum & Regum, &c. V. lation &c. Redijt. Gaudeat, & cuius Sedem Pius obtinet, Annos

Explcat. Hunc omnes supremæ è culmine sedis,

Pastorem agnoscant Populi, Regesque Parentem.

O mihi si detur spirantes cernere vultus,

Detur, adoratis, simul oscula figere plantis,

Quam pia tunc gratum Tentabunt gaudia Pectus !

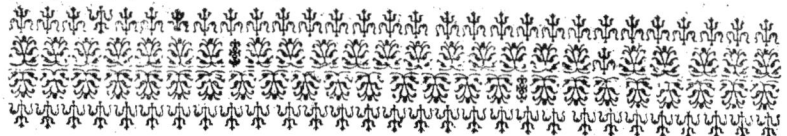

AVERTISSEMENT,

I. C'Est *l'Augufte Pieté de la Royale Maifon de Bourbon*, qui fait le Sujet de ce Livre, comme elle a fait celuy de l'Apareil de la Ville: On ne crût pas pouvoir s'en propofer deplus Convenable aux Circonftances du lieu, du temps, & des perfonnes dont il s'agiffoit. 1. L'Etude de la Piété, le zéle de la Religion, le foin des interêts de l'Eglife font les premiers devoirs des Princes, & ce font en effect les Premieres Leçons que le Roy dont l'admirable Piété fait l'ame des plus grandes merveilles de fon Regne, a fait donner à fes Auguftes Petit-Fils. 2. On devoit les recevoir dans une Ville ou l'on ne voit de toutes parts que des monuments de la Piété la plus ancienne, & la plus folide, une Ville qui eft Confacrée, & comme toute affectée à la Religion depuis plufieurs fiecles, qu'elle a pour Souverains, les Vicaires de Jefus-Chrift. Ce fut en Carême, & même dans les jours de la Semaine Sainte qu'on les y reçeût, c'eft à dire dans un temps où les yeux les plus curieux ne fe permettent que des fpectacles de Pieté, & où me trouvant engagé moy-même à Précher l'Evangile, je ne pouvois pas me propofer de fujet qui pût mieux compatir avec mon Employ. La fuite, & le fuccez ont juftifié ce choix, & je pourrois dire que Meffeigneurs les Princes furent eux-mêmes de vivantes, & illuftres preuves de *l'Augufte Pieté de la Royale Maifon de Bourbon*, par l'affiduité, & la maniere édifiante avec laquelle ils affifterent aux Exercices de la Semaine Sainte.

Si ce choix a paru heureux, j'efpere qu'on ne le trouvera pas moins jufte dans la maniere dont je l'ay envifagé. Je fçay que la *Royale Maifon de Bourbon* n'eft-autre que la *Maifon de France* qui depuis douze, ou treize fiecles a fubfifté dans plufieurs branches; mais fans embraffer la trop vafte énumeration de faits que m'auroit fourni cette longue fuite de Roys T C. qu'on trouve en remontant jufqu'au Grand Clovis, je m'attache fingulierement à ce qui touche de plus prés Meffeigneurs les Princes. C'eft la *Royale Maifon de Bourbon*, qui a pour Tige Saint Loüys, & qui a commencé à regner dans la perfonne de Henry le Grand. Je ne laiffe pas pour cela de raporter plufieurs traits de la Piété de Clovis, de Charlemagne, & des autres Roys de la Premiere, & de la Seconde Race, mais ce n'eft que pour fervir d'Emblemes à de pareilles actions des Princes de la *Royale Branche de Bourbon*, ou pour faire voir que les vertus qu'on y défigne, leur font conftamment Héréditaires.

ẽ

C'eſt ce que l'on peut remarquer, par exemple, dans les inſcriptions du *Temple de la Piété*, dont les paroles ne font pas moins le Caractere du Roy & de ſes deux Predeceſſeurs, qu'elles le faiſoient des Anciens Roys de France à qui les Papes les adreſſoient, ou de qui d'autres Autheurs les raportent. &c.

II. La Riche Matiere que mon Sujet me preſentoit naturellement, m'a engagé d'elle méme a inſerer pluſieurs faits curieux qui concernent l'Hiſtoire d'Avignon, & celle de l'Egliſe de France. On y verra des preuves de cette conſtante union qui a toûjours regné entre l'Empire, & le Sacerdoce, je veux dire les effects de ce zéle héréditaire que les Roys trés-Chrétiens ont toûjours fait paroître pour les interéts du Saint Siége, & de cette Affection paternelle que les Papes ont eûe pour nos Roys, les Fils Ainés de l'Egliſe, & dont Nôtre Saint Pere Clement XI. a déja donné pluſieurs preuves envers le Roy, ſur la haute idée qu'il a conceûe de la Piété de ce Grand Monarque, & du zéle qu'il a pour la Religion.

Ce qui pourra encore paroître aſſez favorable à mon ſujet, c'eſt que l'Vnité du deſſein s'y trouve obſervée dans toutes les parties de cét Apareil. Il eſt aſſez rare de rencontrer cette Vnité dans les differentes Decorations que l'on doit faire pour s'accommoder aux coûtumes de ſe Temps, & des Villes où ſe font ces Receptions ſolemnelles. Ce n'eſt pas tout de fournir à des Arcs de Triomphe pour leſquels un Autheur doit prendre un deſſein qui en demande plus ou moins, ſelon les endroits ou l'on peut les placer, mais il falloit, par exemple, que la Decoration d'une Salle dreſſée hors des Portes de la Ville, pour y recevoir Meſſeigneurs les Princes, celle des Arcades de la Belle Croix, celle du Theatre qu'on a coûtume d'elever au Change, pour de pareilles ocaſions. Il falloir dis je que tout cela eût du rapport & de la liaiſon avec les Arcs de Triomphe, cependant je n'ay pas ſeulement mis à profit tout le terrain qu'on m'a fourni, mais encore j'ay trouvé le moyen de conſerver dans les Ornements qu'on y a voulu mettre, un Ordre qui revient à celui de la Cronologie de mon ſujet, de ſorte que les exemples de la Pieté de Saint Louïs Tige de la Royale Branche de Bourbon, ſe trouvent dans le Temple de la Pieté qui eſt le premier Monument de Gloire dreſſé pour la reception de Meſſeigneur les Princes. L'Obeliſque dreſſé aux Cardinaux de Bourbon Legats d'Avignon, ſe trouve entre le Temple de la Piété, & l'Arc de Triomphe de Henry le Grand. &c.

Avec la deſcription de l'Apareil fait par la Ville, on trouvera encore icy la Relation de tout ce qui s'eſt paſſé de plus remarquable au paſſage des Princes, & durant le ſejour qu'ils ont fait dans les Etats de ſa Sainteté, On y verra la magnificence avec laquelle Monſeigneur l'Abé Sanvitali Vice-Legat les a reçûs au nom du Pape. Comme cela renferme pluſieurs faits dont je n'ay pas pû étre témoin, je les ay raportés sur les mémoires que l'on m'a fournis; J'ai tâché de rendre justice à tout le monde, & fait assez de recherches pour ne laisser lieu à personne de se plaindre, puis que si j'ai omis quelque chose de considerable, c'est uniquement parce que l'on n'a pas pris soin de m'en instruire.

J'ay crû que je devois aussi inserer les Harangues faites à Messeigneurs les Princes, persuadé qu'elles donneroient beaucoup plus de relief, & d'Ornement à ce Livre que tout ce qu'il y a du mien. Parmi celles de Monsieur Bayol l'Assesseur, on en trouvera une qui ne fut pas recitée & qu'il avoit preparée selon l'usage qui étoit jusqu'ici, de haranguer, en presentant les Medailles; mais comme elle furent presentées, aussi-tôt qu'il eut harangué la premiere fois Messeigneurs les Princes au Palais, il n'eut pas lieu de la reciter. On a toutefois jugé à propos de l'Imprimer, à raison des suites.

S'il m'est arrivé parmi les exemples de vertu que je raporte, de traiter de Saints-Hommes ceux qui en sont les Autheurs, je proteste ne le faire que dans le sens du Decrét d'Vrbain VIII. Et en soumétant au Saint Siége tout ce qu'il y a dans cét ouvrage.

III. Tout ce qu'on a publié de la Magnifique Reception que cette Ville à faite à Messeigneurs les Princes: ce qu'ils ont fait paroître eux-mêmes de satisfaction sur ce sujet, & ce qu'on en a écrit de toutes parts, me donne lieu de croire qu'on a souhaité aillieurs, aussi bien qu'ici, de voir paroître ce Livre plûtôt qu'il ne l'a fait. C'est sur quoi il me reste encore un mot adire pour rendre compte au Lecteur du Delay de l'Edition de ce livre.

Lorsque Messeigneurs les Princes arriverent dans cette Ville, j'eus l'honneur de leur presenter un precis de cét ouvrage, sous le même titre qu'il porte aujourd'hui. Ce n'étoit encore là qu'un Plan genéral de l'Apareil. On le dressa à la hâte parce que Monseigneur le Duc de Bourgogne l'avoit souhaité; Et l'on ne s'y étoit proposé que de donner au Public la Clef des Peintures Symboliques qui furent exposées à ses yeux. Peu de temps après le départ des Princes, il parût en Italien, une Rélation exacte de tout ce qui s'étoit passé de plus remarquable à leur arrivée, & durant leur sejour; sous le nom de *Veridico Ragguaglio dell' Arrivo de Principi della Casa Reale di Francia;* Et cét ouvrage eût dequoi satisfaire la curiosité de tous ceux qui entrent dans l'esprit, & dans les delicatesses de cette langue que l'Autheur possede parfaitement bien. Celui ci l'auroit suivi de prés sans des incidents dont on n'est pas responsable. Malgré la vigilance de Magistrats, & la diligence de l'Imprimeur, il a fallu attendre les estampes dont on a jugé à propos d'accompagner la description de cét Appareil, par là on s'est trouvé insensiblement beaucoup plus reculé qu'on n'auroit jamais pû le prevoir: Mais quelque envie que l'on eût de repondre à l'empressement du Public, on na pas crû devoir quitter la partie, ni laisser paroître le livre sans les estampes. Encore aura il parû assez tôt, s'il peut meriter l'aprobation du Public.

Ce qui pourroit encore me confoler fur ce delai, c'eſt que cette Re-lation ne paroît pas plus tard que le fit celle du voyage du Roy en cette Ville. Sans parler du *Labirinte Royal* qui fût fait pour le Mariage de Henry le Grand, avec la Reine Marie de Medicis. La Préface, & le temps de l'Edition de ces Ouvrages, font voir que tout le Zéle qu'eu-rent les Gouverneurs, & les Magiſtrats d'Avignon pour la Gloire de ces Grands Princes, ne pût pas prévenir de femblables retardements, & l'on diroit qu'il eſt du fort de cette Ville, d'être toûjours des premiéres à ſe diſtinguer, quand il s'agit de faire éclater ſa vénération pour la Mai-fon Royale, & des dernieres à ſe faire honneur de ſes propres Magnificen-ces. On n'a pas par tout, cette abondance d'Ouvriers, & de reſſources que l'on trouveroit à Paris, ou à Rome. Ainfi l'on n'a pas pû faire plus de diligence, quoi que l'on ayt tâché de preſſer l'Edition de cét Ouvrage, durant le Confulat de Monfieur le Marquis de Sade-Mazan, de Monfieur Barbier, de Monfieur Gollier, & de Monfieur Bayol Affeſſeur, qui ont été en charge juſqu'à la Saint Jean, & que l'on n'ayt rien oublié depuis le nouveau Confulat de Monfieur le Marquis de Brancas-Villeneuve des Comtes de Forcalquier, de Monfieur l'Affanoux, de Monfieur Coulombet, & de Monfieur Miellon Affeſſeur.

En décrivant la Decoration de la Porte de Saint Lazare, les Trophées &c. J'ay cru devoir donner toute l'idée du Deſſein qu'on s'étoit propoſé, fans m'attacher trop fcrupuleufement à avertir que, tel ou tel Ornement y man-qua, faute d'avoir eu le temps de tout executer.

LE VOYAGE

DE

MESSEIGNEURS

LES

PRINCES,

ET LE PROJET DE LEUR RECEPTION

A AVIGNON.

 N sçait que le Siecle passé a fini par l'un des evenemens les plus memorables que l'histoire ait à transmettre à la posterité : celuy-cy ne pouvoit pas commencer par un pronostic plus heureux pour la France, que par le Voyage des Princes, qui semblent lui asseurer pour long-temps, le bonheur dont Elle joüit, sous le Regne de Louis le Grand.

Le Roi venoit d'accepter en faveur de Philipe de France Duc d'Anjou, le Testament du feu Roi d'Espagne Charles II. Les Grands & les peuples de ce Royaume-là, témoignent un empressement extréme de voir au plûtôt leur nouveau Monarque, la plûpart des Ambassadeurs des Couronnes de l'Europe l'avoient reconnu pour tel, lorsque son départ fut fixé au commancement de Decembre, mais comme si le Roy eut voulu consoler la France

A

de la perte qu'Elle faifoit. Sa Majefté fçachant les fortes impreſſions de
refpect & d'amour que fa prefence avoit produit autrefois dans les Provinces qu'il parcourut durant fon jeune âge, voulut bien leur procurer une
pareille joye dans cette rencontre, & permit que Monfeigneur le Duc de
Bourgogne fut du voyage avec Monfeigneur le Duc de Berry, pour accompagner le Roy Catholique Philippe V. leur Augufte Frere jufqu'à Saint
Jean de Luz, & voir à leur retour des Pyrenées la Guyenne, le Languedoc, la
Provence, le Dauphiné, & de-là reprendre par Lyon & par la Bourgogne la
route de Verfailles.

Cette route fut d'abord publiée pour annoncer aux Peuples le bonheur
qu'on leur préparoit, & Monfeigneur Gualtery Archevêque d'Athenes
Nonce à la Cour de France en donna avis à Sa Sainteté.

Ce nouveau Pape, qui fous le Nom de Clement XI. venoit d'être
élevé fur la Chaire de Saint Pierre par une des Elections les plus juftes
qu'ait jamais vû l'Eglife, ayant appris que Meffeigneurs le Princes devoient paffer par Avignon, donna ordre à Monfeigneur Sanvitali fon
Vice-legat dans cette Ville, de les défrayer avec toute leur Cour, tandis
qu'ils feroient dans fes Eftats, & de leur rendre tous les honneurs qui
font dûs à leurs Auguftes Perfonnes. La fuite a fait voir qu'un tel foin
ne pouvoit être confié à un Miniftre ni plus magnifique, ni plus zelé
pour la gloire du Saint Siege, & qu'il ne pouvoit pas lui-même être mieux
fecondé qu'il l'a été.

Car d'une autre part Meffieurs les Confuls & Affeffeur de la Ville convoque-
rent un Confeil Extraordinaire compofé de foixante & feize perfones, dans
lequel on refolut tout d'une voix de ne rien oublier pour donner dans cette
occafion de nouvelles marques de leur profonde vénération envers le Roy
& envers Meffeigneurs les Princes fes petits Fils. Ce n'eft pas d'aujourd'huy
que la Ville d'Avignon fe diftingue par de Pareilles Receptions. Elle le fit
déja à l'égard de Loüis le Iufte, & de Henry le Grand à qui Elle rendit
tous les honneurs d'un Triomphe, fans parler de ce qu'on fit pour Loüis le
Grand, quoyque fon arrivée fût prefque impreveuë.

Ce fut pour fe mieux régler fur l'exemple de leurs ancétres, & pour mieux
examiner ce qu'il y auroit à executer dans cette entreprife, que le Confeil
Ordinaire & Extraordinaire compofé de Meffieurs les Confuls & Affeffeur,
& de Meſſ.ʳˢ les Deputez du Clergé & de l'Vniverfité, choifit fix nouveaux Deputez parmi les plus remarquables des trois Ordres. Ceux du premier Ordre furent Monfieur de Jarente Marquis de Cabanes la Bruyere
& Monfieur de Galeans Marquis de Caftelet. Les deux du fecond rang furent Meffieurs, l'Affanoux & Canonge, Meffieurs Colombet & Cham-
pignot furent ceux qu'on choifit dans le troifiéme. Il fut encore refolu
dans cette deliberation que le Confeil de Ville s'affembleroit tous les iours
iufqu'à l'arrivée de Meffeigneurs les Princes, pour prendre fur châque projet des mefures d'autant plus juftes, qu'elles feroient examinées avec plus
d'attention & d'affiduité.

DESSEIN

DESSEIN GENERAL

DE L'APPAREIL FAIT POVR LA RECEPTION

De Messeigneurs les Princes.

POur former au plûtôt un deffein Général de l'Appareil de cette Réception, Meffieurs les Magiftrats de la Ville voulurent bien aller en Corps demander au Pere Recteur du Collége de la Compagnie de JESUS, une perfonne qui en donnât le fujet, & en prit la direction. On tâcha de répondre à cet honneur avec tout l'empreffement que doit infpirer le defir que cette Compagnie aura toûjours de feconder les intentions de Sa Sainteté, de contribuër à la Gloire de l'Augufte Maifon de France, d'obéïr aux ordres de Monfeigneur le Vice-Legat, & de répondre aux bienfaits continuels de Meffieurs les Confuls en qui elle reconnoît les Illuftres Fondateurs de l'un des plus Grands & plus beaux Colleges qu'Elle ait dans le ROYAUME. L'AUGUSTE PIETE' DE LA ROYALE MAISON DE BOURBON fut le fujet que l'on fe propofa de reprefenter comme la fource de cette Gloire Triomphante où la Famille Royale eft élevée, & que Meffeigneurs les Princes foûtiennent déja avec tant de dignité.

De toutes les vertus qui leur font comme hereditaires, on a crû que la Pieté devoit fur tout être révérée par une Ville qui femble être confacrée d'une façon fpeciale à la Religion dans la perfonne des Souverains Pontifes qui en font les maîtres : ce fut fur ce favorable raport qu'un tel projet ayant efté agreé par Monfeigneur le Vicelegat & par Meffieurs les Confuls, on ne penfa plus qu'à en dreffer le plan, & à le faire exécuter.

Comme on ne pouvoit apporter ni plus d'application ni plus de diligence qu'on le fit dans cette rencontre, on ne pouvoit guéres fouhaitter de perfonnes plus propres aux Ouvrages qu'on entreprit, que l'étoient ceux qui en furent chargez. Le Sieur Cotelle de l'Academie Royale donna les deffeins des Peintures, & en conduifit les ouvrages avec le Sieur Peru ; Ils font connus l'un & l'autre par le bon goût qui regne dans tout ce qui fort de leurs mains. Arcs de Triomphe, Obelifques, Trophées, Statuës Equeftres, Theatres, Machines à feu d'Artifice, Temples, & Medailles, Tout cela a efté propofé comme autant de Monuments de Gloire qui pouvoient rendre cet aparel plus magnifique, & tout cela a efté accepté pour mettre dans un plus beau jour l'Augufte Pieté de la Royale maifon de Bour-

B

bon félon les trois raports fous lefquels on l'envifage icy , c'eſt á dire comme

Magnifique dans la Paix,

Victorieuſe dans les Combats,

Triomphante dans fes Conquétes.

Ce font · là comme les trois parties du Deſſein Géneral, & les trois vûës qui regnent dans toutes les Decorations dont on a relevé cette Reception pour laquelle Meſſieurs les Conſuls n'ont rien épargné.

Tout cela étoit digne d'un Vice-Legat aux foins duquel il n'a rien échapé. Il fit publier à bonne heure des ordres qui pourvûrent à l'abondance des vivres pour cette foule de monde que l'arrivée des Princes attira dans cette Ville fur la fin du Caréme, & fans fe borner aux délices que la Province pouvoit procurer, fon Excellence fit venir d'Italie des prefents magnifiques de fruits exquis dont Elle a régalé Meſſeigneurs les Princes. Les ordres que ce Prélat donna pour regler les logemens de la Cour dépuis Cavaillon jufqu'à Boulene ; le bon état où fe trouverent les Troupes qu'on fit habiller tout à neuf ; le foin qu'on eut de faire aporter à Avignon prefque toutes les armes du Comtat Venaiſſin pour en fournir ce grand nombre de Bourgeois qui ont paru fous les armes, tout cela ; dis-je, a contribué à joindre le bon ordre à la magnificence. Mais dequoi le Public, & les fucceſſeurs de Monfeigneur le Vice-Legat lui feront éternellement obligez, c'eſt d'avoir réparé & embelli dans cette occafion les appartements du Palais Apoftolique fur le modele de ceux que Monfeigneur le Nonce Gualtery avoit déja revêtu d'une forme moderne felon le deſſein du Chevalier Mignard.

DEPVTATION

DV PAPE, ET DE LA VILLE

à Meſſeigneurs les Princes.

ON étoit tout occupé de ces préparatifs lorfqu'on aprit que Meſſeigneurs les Princes devoient bien-tôt arriver à Monpelier. C'eſt-là que Monfieur le Commandeur Maldachini fut envoyé par Monfeigneur le Vice-Legat pour les inviter de la part de nôtre Saint Pere le Pape à honorer fes Eſtats de leur prefence : Commiſſion dont cet ancien Officier s'acquitta avec beaucoup de dignité, & avec l'agréement des Princes.

Un Conseil Extraordinaire qu'on avoit tenu auparavant dans l'Hôtel de Ville leur avoit député pour le mesme sujet, & au nom des Citoyens, Monsieur le Marquis de Sade Seigneur de Mazan, & de Saumane, premier Consul qui fut accompagné de Messieurs les Marquis de Brissac, & de Muis, de Messieurs les Chevaliers de Donis, & de Castelet.

Monsieur de Sade à la téte de ces Messieurs fut introduit à l'Audience de Messeigneurs les Princes immédiatement aprés Monsieur le Commandeur Maldachini : Il leur presenta les lettres que le Corps de Ville s'étoit donné l'honneur de leur écrire pour les prier de vouloir bien honorer Avignon de leur presence : Il rendit ensuite à Monseigneur le Maréchal Duc de Noailles d'autres lettres qui le prioient d'apuyer cette demande. L'Audience fut trés favorable, & donnée avec la distinction que l'on pouvoit souhaiter. Les Deputez eurent le plaisir d'entendre dire à ces Grands Princes qu'il leur tardoit en quelque maniere de les contenter. C'est dequoi Monsieur le Marquis de Sade étant de retour fit part au Conseil de Ville que l'on tint portes ouvertes pour mieux donner aux habitants le moyen de venir apprendre de la bouche de ce Magistrat les marques de bonté dont Messeigneurs les Princes les honoroient.

Il n'en falloit pas tant pour redoubler l'ardeur avec laquelle on avoit travaillé jusques là aux préparatifs de cette Reception La Reparation des chemins par où la Cour devoit venir depuis la Durance à Avignon étoit déja bien avancée : on acheva d'aplanir la montée de Caumont qui de rude, & pierreuse qu'Elle étoit, se trouve aujourd'huy fort aisée à passer. Au même tems on renouvella le pavé des rûës, & on commença à faire paroître les Bourgeois sous les armes. Le soin de les former à l'exercice fut confié à Monsieur Follard Major de la Ville qui à servi long tems le Roi avec honneur en qualité de Capitaine, & dont les soins ont si bien reüssi, qu'on eut pris la plûpart de ces nouvelles Compagnies pour des troupes reglées. On les distingua d'abord par leurs quartiers, & ensuite on les réünit en deux Corps, sous le nom de *Troupes de Bourgogne*, *& de Berry*. Le Commandement des premieres fut donné à Monsieur le Marquis de Jarente Cabanes le fils, & celui des autres à Monsieur de Serre de la Marine.

Ainsi la Ville étoit dans un mouvement général que l'on vit redoubler à mesure que l'on aprochoit de ce jour tant desiré. Monseigneur le Vice-Legat alla lui mesme plusieurs fois animer les Peintres, & les autres Ouvriers par sa presence. Messieurs les Consuls & particulierement Monsieur Barbier avec Monsieur Gollier passerent des nuits entieres auprés d'eux, sacrifiant leur propre repos au bien public, & l'on peut dire qu'il ne se pouvoit rien ajouter ni pour la conduite, ni pour l'execution, aux soins que se donnerent avec eux Messieurs les Deputez, & sur tout Monsieur de Cabanes, & Monsieur de Castelet.

L'ARRIVÉE
DE MESSEIGNEURS LES PRINCES
Dans le Comtat Venaißin.

LEs chofes étoient dans cet état lorfque l'on aprit que Meffeigneurs les Princes aprés avoir vû Toulon devoient rétourner à Aix le jour de Saint Jofeph , pour fe rendre enfuite à Avignon. Ces avis furent confirmez à Monfeigneur le Vice Legat par Monfieur Lily qu'il avoir envoyé expreffement à Marfeille pour s'informer plus particulierement du tems précis de cette arrivée. Alors le Prélat ayant invité la Nobleffe à fe trouver au plûtôt fur les Frontieres du Comtat pour y recevoir les Princes, partit le Dimanche des Rameaux vingtiéme de Mars pour fe rendre à Cavaillon où il reçût à fon arrivée les compliments du Clergé, de la Ville, & des Corps Reguliers. Son Excellence y tint tout le tems Table ouverte avec beaucoup de magnificence. Elle employa le Lundy Saint à donner tous les ordres qui pouvoient contribuer à rendre cette premiere Reception plus honorable; & le jour fuivant Elle s'avança de grand matin avec fa Cour vers la Durance. C'eft là qu'ayant rencontré Monfieur des Granges Maître des Ceremonies, Monfeigneur le Vice-Legat le fit entrer dans fon carroffe, & en tira les inftruétions neceffaires pour la premiere entrevûë de Meffeigneurs les Princes. Il fçût qu'ils devoient dîner ce jour là à Malemort, & fur les avis qu'on lui donna quelque tems aprés de leur marche, s'étant avancé inceffamment vers la Riviere, il les trouva qu'ils defcendoient de la Barque. C'eft là qu'il les receut, & les complimenta au Nom de Nôtre Saint Pere le Pape d'une maniere Noble & fuccinte qui lui attira des marques trés obligeantes de l'eftime des Princes, & l'applaudiffement de la Cour. Enfuite Meffeigneurs les Ducs de Bourgogne & de Berry étant rentrez dans leur carroffe, le Prélat prit les devants pour fe rendre au plûtôt à Cavaillon avec ceux de fa fuite.

Ce fut à ce paffage de la Durance que la Cour pût joüir de l'un des plus beaux fpeétacles de fa route. Les deux côtez de cette Riviere qui fepare la Provence du Comtat Venaiffin paroiffoient bordez d'une infinité de peuple accouru de tous les environs, le regret que les uns avoient de les perdre répondoit aux tranfports de joye qu'avoient les autres de les recevoir, On voyoit encore fur l'un de ces bords le regiment de Cavalerie que Monfieur le Comte de Grignan Lieutenant de Roi dans la Provence avoit fait

ranger

rander en Efcadron , tandis que les Gardes du Corps , les Carroffes , & la
Nobleffe de la Cour , & de la Provinces défiloient. A peine eût on perdu
de vûë cette foule de monde , que l'on vit paroître fous les armes la
Bourgeoifie de Cavaillon, laquelle bordoit de part & d'autre les avenuës,
& les ruës de cette Ville jufqu'au Palais Epifcopal où Meffeigneurs les Princes furent reçûs par Monfeigneur le Vice-Legat,& par Monfeigneur l'Evéque. Ce digne Pafteur qui eft de l'ancienne Maifon de Sade-Mazan , les
harangua avec beaucoup d'efprit , de jufteffe , & d'éloquence , & en fut
écoûté avec beaucoup de fatisfaction. Enfuite Monfeigneur le Vice-Legat eut l'honneur de les conduire l'un & l'autre dans leurs Appartements,
de s'entretenir quelque temps avec chacun d'eux, & d'en recevoir avec
des marques de diftinction , de nouvelles preuves de leur contentement,
& de cette bonté Royale qui leur eft naturelle ; Aprés quoy s'étant retiré
avec fa fuite pour quelques moments , il leur revint faire fa Cour avant,
& aprés le foûper , durant lequel il traita magnifiquement toutes les perfonnes les plus qualifiées de la fuite des Princes qu'il défraya entiérement
felon les intentions de Sa Sainteté. Il tint pour cela Table ouverte , ce que
fit auffi Monfeigneur l'Evêque de Cavaillon pour un grand nombre de
perfonnes de Qualité.

Ce fut dans cette Ville que les Deputez des Trois Ordres du Comtat
Venaiffin eurent l'honneur de faire la révérence à Meffeigneurs les Princes , & de leur préfenter des Medailles d'Or qu'ils avoient fait frapper, au
fujet de leur Voyage.

Le foir fon Excellence ne quitta Monfeigneur le Duc le Bourgogne que
quand ce Prince , aprés avoir fait fa Priere , fe fut mis en des habillé , &
Monfieur le Maréchal Duc de Noailles lui ayant fait fçavoir qu'il fe char-
geoit de faire fes excufes aux Princes , à leur lever. Ce Prélat partit de
grand matin pour venir donner fes Ordres à Avignon.

Mais il eût le plaifir en arrivant de voir qu'il ne reftoit plus rien à faire,
& que la vigilance des Confuls , & des Deputez avoit pourvû à tout. Déja
les Arcs de Triomphe étoient placez , le devant des Maifons tapiffé , le pa-
ué des ruës couvert de fable , les Bourgeois fous les armes s'affembloient
de toute parts pour fe rendre à leure pofte , & il ne manquoit que fa Perfonne , afin que l'on n'eut plus à defirer que l'arrivée de Meffeigneurs les
Princes.

C

L'ARRIVEE
DE MESSEIGNEURS LES PRINCES
à Avignon.

CE fut le même jour vingt-troifiéme de Mars, & le Mecredy de la Semaine Sainte, que pour les recevoir, Monfeigneur le Vice-Legat fe rendit aprés midy, en habit long, & violet, dans une Sale richement parée hors des portes de la Ville. Il y fut accompagné par Monfieur Henry de Maffilian Viguier du Pape, de Monfieur le Marquis de Sade premier Conful, de Monfieur Barbier, & de Monfieur Gollier fes Collégues fecond, & troifiéme Confuls, & de Monfieur Bayol Affeffeur, lequel occupoit cette Charge pour la troifiéme fois, avec toûjours plus de fatisfaction pour le Public. Tandis que ces Magiftrats attendoient en Chaperon, & en habit de ceremonie, avec Meffieurs les Deputez, & l'Elite des Gens de Qualité de cette Ville, l'une de celles du Royaume où il y plus de Nobleffe, ce n'étoient qu'Officiers du Roi, & gens de Livrée, que Chariots & Fourgons qui arrivoient coup fur coup, & fembloient dire que leurs Maiftres ne tarderoient pas long temps a venir. Alors ce fignal reveillant la curiofité des Peuples, on vit les Ruës, & les Amphiteâtres qu'on y avoit dreffés en plufieurs endroits, fe remplir d'une nouvelle foule de fpectateurs, & Monfieur le Commandeur Maldachini Capitaine des Chevaux-Legers du Pape, s'étant avancé avec fa Compagnie, pour aller audevant de Meffeigneurs les Princes, les rencontra à une lieuë de la ville, d'où il revint formant pour ainfi dire l'avangarde de cette marche ; fa Compagnie parée tout à neuf d'habits, & de Chapeaux bordez d'argent, avec des plumets, & de grands nœuds de Rubans, étoit d'une propreté à ne pas faire des-honneur aux Gardes du Corps qu'Elle devançoit. Outre Monfieur le Commandeur qui foûtient depuis trente ans dans cet employ, l'éclat de fa naiffance, elle avoit à fa tête Monfieur Lily qui fait voir dans fa perfonne qu'un Cavalier peut joindre à la profeffion des armes l'Erudition la plus polie. L'un & l'autre étoit foûtenu par Monfieur le Marquis de Fonfeca qui marchoit à la queuë. C'eft dans cet Ordre que Meffeigneurs les Princes parurent à la veuë des murailles d'Avignon dont ils admirerent le beauté qu'on peut dire eftre aujourd'huy fans pareille. On fut averty de leur arrivée par le fon de toutes les cloches de la Ville, dont le bruit majeftueux ranima la joye publique. Monfieur Pertuis l'avoit ainfi ordoné, en l'abfence de Monfeigneur l'Archevéque, pour apprendre que l'Eglife s'intereffe autant que l'Eftat, à la gloire de ces pieux Princes qui feront un jour les Illuftres défenfeurs de l'un, & de l'autre.

Ce fût là l'hureux moment que parut aprés une magnifique & longue
fuite d'autre carroffes, celui du Roy qui portoit nos Grands Princes, lefquels ayant apperçû Monfeigneur le Vice-Legat avec Monfieur le Viguier, Meffieurs les Confuls & Affeffeur au bas du dégré de la Sale des
Harangues, defcendirent de leur carroffe pour monter fur le Thrône où
l'on avoit placé deux Fauteüils fous un Dais. Avant que de fe cou-
vrir ils receurent de bout l'offre que Monfeigneur le Vice-Legat leur fit
de la Ville, dans la Perfonne de fes Magiftrats qu'il leur préfenta; aprés
quoi les Princes s'étant affis, & couverts, Monfieur Bayol Affeffeur fit
cette Harangue au nom de la Ville en addreffant la parole au Duc de
Bourgogne.

MONSEIGNEUR,

En vous préfentant les Clefs de cette Ville, nous venous vous

offrir nos biens, nos perfonnes, & nos cœurs. Nous vous fup-

plions Monfeigneur, de recevoir cet hommage comme une preuve,

& une proteftation folemnelle de nôtre zéle, & de nôtre foumiffion.

La France verra continuer dans voftre Royale Perfonne, & dans

celle de voftre Augufte Frère, les merveilles de LOUIS LE

GRAND, & celle de Monfeigneur, Elle nous verra auffi

conferver pour les Petits Fils de cet invincible Monarque les

fentimens de refpect, de veneration, & d'amour que nous avons

toûiours eus pour fa Sacrée Perfonne.

Aprés ce difcours Monfieur les Marquis de Sade premier Conful leur
préfenta dans un baffin d'argent les Clefs de la Ville. Les Princes les re-
fuferent, & aprés avoir répondu par beaucoup de marques d'une bonté
Royale, ils defcendirent du Thrône pour rentrer dans leur carroffe. A
la porte de la Sale on avoit préparé un riche Dais de Velours bleu à grandes Nattes, & à Franges d'Or, chargé fur les quatre côtez des armes de
Monfeigneur le Duc de Bourgogne. Monfieur le Viguier, & Monfieur
le premier Conful, portoient le bâton du dévant, Meffieurs les fecond,
& troifiéme Confuls, ceux du milieu, & Monfieur l'Affeffeur avec Monfieur de Caftelet les deux derniers; Mais les Princes remercierent ces
Magiftrats, & remonterent en carroffe, fans accepter le Dais.

L'ENTRÉE

DE

MESSEIGNEVRS

LES

PRINCES

 E fut là, à proprement parler, que commença leur Entrée, prés de l'endroit où François Premier avoit campé lors qu'Avignon se déclarant en sa faveur contre Charles Quint, luy ouvrit ses Portes, & que ce Monarque en declara les habitans, Regnicoles.

Dépuis la Salle dont nous venons de parler, jusqu'à la porte de Saint Lazare, on avoit rangé en haye la Compagnie de l'Arbaléte d'un côté,& celle de l'Arc de l'autre. La premiere étoit commandée par Monsieur le Marquis de Brante richement vétu, & suivi de six Cuirassiers armez de toutes pieces, & de plusieurs domestiques. Ses Gens avoient tous un habit de drap fort propre, & de mesme couleur, l'Arbaléte sur l'épaule, & au côté un Carquois garni de Fléches, peint, & doré aux armes de leur Capitaine. Leurs Chapeaux étoient bordez d'Argent avec des Plumets, & des Nœuds de Rubans fort riches.

La Compagnie de l'Arc étoit commandée par Monsieur le Marquis d'Orsan qui richement paré luy-méme avoit habillé cent hommes à la Turque, avec des robes couleur d'écarlate, bordées d'hermine sur des vestes bleües chamarées d'Or, le Turban garni d'Aigrettes, & de Diamnts.

Ils portoient tous à la main un Arc doré, le sabre pendant à l'un de leurs côtez, & le Carquois à l'autre. L'équipage du Capitaine étoit composé de six grands valets vétus en Sauvages, & suivi d'un Chameau chargé de bagage-militaire. Les Fifres, les Tambours, & les Haut-bois de ces deux Compagnies répondoient aux Trompettes, & aux Timbales des Chevaux-Legers du Pape, & des Gardes du Corps qui précedoient Messeigneurs les Princes.   Afin

Afin que la Decoration de la Porte Saint Lazare, répondit mieux au reste de l'Appareil, on forma le deffein d'un Arc de Triomphe confacré à la gloire de Meffeigneurs les Princes. Il contenoit une repréfentation fymbolique & anticipée de leur Entrée dans cette Ville.

Cet Arc étoit d'Ordre Dorique feint de marbre rouge & vert. Il avoit de chaque côté deux Colomnes pofées fur leurs piédeftaux & accompagnées de leurs Pilaftres & de leurs arriere corps. La Corniche portoit un Attique dans lequel on s'étoit propofé de repréfenter la reception que cette Ville fit durant le Regne de Charles fixiéme à un Duc de Bourgogne, & à un Duc de Berry tous deux Princes Enfans de France freres l'un & l'autre comme ceux-cy d'un Roi de Naples Duc d'Anjou *. Ce fut par un zéle de Religion qu'ils vinrent à Avignon, & ils furent invitez à ce voyage par les habitans de la Ville, lefquels fideles au Saint Siege, vouloient fe voir delivrés de l'Antipape Pierre de Lune : Ainfi le deffein engageoit à repré- fenter dans le Tableau du fronton la Pieté de cette Ville ; cette vertu y tendoit les bras à ces Grands Princes, pour marquer la joye que l'on avoit de leur arrivée, & fembloit leur dire en adreffant la parole à Monfei- gneur le Duc de Bourgogne.

*Valadier
& l'Abbé
Choify.
Vie de
Charl. VI.

$\qquad$ *Venifti tandem, tuáque expectata Triumphis.*

$\qquad$ *Vicit iter durum pietas, datur ora tueri,*

$\qquad$ *Et nos, & loca dexter adi, pede Sacra fecundo,*

$\qquad$ *O fuperi fervate pios.* Virg.

Deux Emblemes Hiftoriques peintes en camayeu occupoient l'entre- deux des Piedeftaux ; dans l'une on s'étoit propofé de repréfenter ce fecours d'Arbaletiers que ces Ducs de Bourgogne & de Berry envoyerent à Avi- gnon fous la conduite de Loüis Seigneur de Joyeufe pour deffendre les Terres du Saint Siege contre les Tuchins, & dans l'autre un fecond fe- cours d'Archers que ces mefmes Princes y envoyerent auffi quelque temps aprés pour agir contre l'Antipape, & avancer l'union de l'Eglife. Ces Ima- ges Symboliques étoient d'autant mieux placées en cet endroit qu'elles ré- pondoient aux Compagnies de l'Arc, & de l'Arbaléte dont nous venons de parler. On trouve dans l'Hiftoire de France que ces Ducs de Bourgogne & de Berry firent fleurir dans toutes les bonnes Villes du Royaume cette forte d'exercice. C'eft apparemment fur cet exemple, qu'il s'eft maintenu icy en honneur, & comme fi Meffeigneurs les Ducs de Bourgogne & de Berry d'aujourd'hui avoient herité de l'inclination de leurs Ayeux Princes de mé- me Nom ; On les a vûs à Lyon ouvrir avec beaucoup d'adreffe le Jeu de l'Arc, & de l'Arbaléte dont le mauvais temps ne permit pas icy de leur procurer le plaifir, comme l'on s'étoit propofé de le faire.

D

Au deſſus de l'Attique on voyoit une Renommée qui ſembloit voler devant Meſſeigneurs les Princes pour annoncer au Peuple leur arrivée. Elle
avoit ſur la tére une Courone de Lys,& de Laurier par raport à leur naiſſance , & à leurs exercices militaires : elle tenoit d'une main deux Palmes pour
exprimer les grandes eſperances que l'on a conçûës d'Eux; & de l'autre une
trompette dont la banniere pendante á fonds bleu étoit ſemée de Fleurs
de Lys d'or, & de Clefs d'argent en ſautoir , pour marquer l'union de la
France avec le Saint Siege ; la frange de la Banniere avoit pour Emaux ceux
de la bordure des armes de Bourgogne, & l'on voyoit au deſſous de la Renommée cette inſcription poſée ſur la Clef de l'Arc

LUDOVICUS BURGUNDIÆ DUX SERENISSIMUS,
LUDOV. DELPHINI FILIUS, LUDOV. MAGNI NEPOS,
PHILIPP. V. HISPANIAR. REGIS FRATER NATU-MAJOR,
AVITÆ PIETATIS JAM HÆRES,
NOVO SOECULO PARATUS HEROS,
HAC FAUSTA DIE
CUM CAROLO BITURICENS. DUCE FRATRE ALTERO,
AVENIONEM NOVAM ROMAM,
FUTURIS TRIUMPHIS PROLUSURUS.
SOLEMNI POMPA INGREDITUR
AD VOTUM CLEMENTIS XI. PONTIF. O. M.
SUPERIS FAVENTIBUS.
VÔS HIC (O CIVES) PLAUSUM CLARISSIMUM DATE

Cette Inſcription étoit enfermée dans un cadre d'or , & ſurmontée d'un
rang d'Armoiries où étoient celles de nôtre Saint Pere le Pape , celles du
Roi, de Monſeigneur le Dauphin , de Monſeigneur le Duc de Bourgogne
& de Monſeigneur le Duc de Berry ; la Ville avoit fait mettre les ſiennes
au deſſous de l'Inſcription.
Dans les Metopes de la Friſe on avoit rangé ſelon l'ordre des temps les
Medailles de ſept Papes qui ont regné à Avignon , & qui ſembloient aplaudir à l'heureuſe arrivée de ces Princes en leur addreſſant ces belles paroles
que Nôtre Saint Pere le Pape Clement XI. a écrit au Roi d'Eſpagne. *In-
tende proſpere procede &c.*

I.

La premiere de ces Medailles étoit celle de Clement V. qui transfera le
Saint Siege dans cette Ville, il fut conſacré à Lyon dans l'Egliſe de ſaint
Juſt en preſence de Philippe le Bel qui le vint recevoir dans ſes Eſtats avec

de grands honneurs, Il convoqua le Concile de Vienne, Il abolit les Templiers.

Clemens V. qui Primus Avenione ſedit P. O. M.

II.

La ſeconde étoit celle de Jean XXII. Il avoit été Eveſque d'Avignon. Il fut créé & Couronné à Lyon, c'eſt lui qui a établi la pieuſe coûtume de ſalüer tous les jours la Sainte Vierge au ſon de la Cloche. Il fonda le Chapître de Saint Agricol, celuy de Saint Remy, & les Chartreux de Bompas : ſon tombeau eſt dans la Cathedrale. Le Roi Philippe de Valois paſſa en Italie à la priere de ce Pape pour deffendre les droits du ſaint Siege contre les rebelles.

Joannes XXII. P. O. M. Erga Dei-param Virginem maximè Pius.

III.

La troiſiéme étoit de Benoſt XII. du pays de Foix, fameux pour ſa ſcience, & ſa vertu. Il fut crée à Avignon. Philippe de Valois le deffendit contre les entrepriſes de l'Empereur Loüis de Baviere. Il commença à bâtir le Palais Apoſtolique où Meſſeigneurs les Princes ont logé. Il eſt enterré dans la Cathedrale.

Benedictus XII. Gallus P. O. M. virtute & doctrina Celeberrimus.

IV.

La quatriéme étoit de Clement VI. de la maiſon de Canillac. Il fut Couronné à Avignon, & celebra le ſecond Jubilé de l'année Sainte qu'il mit à cinquante ans. Il permit aux Roys de France de communier ſous les deux Eſpeces, il bâtit le devant du Palais, il commença les murailles neuves depuis la roche des Doms juſqu'à la porte du Rhône. Il fit refaire quatre Arcades du Pont ſur leſquelles on mit ſes Armes; C'eſt ce qui a trompé ceux qui pretendent prouver par là que ſaint Benezet ne l'a pas fait bâtir. Il eut une memoire extraordinaire. Il fut enterré à la Chaize Dieu.

Clemens VI. Gallus P. O. M. qui muris Avenionem cinxit, II. Jubileum ſæculare celebravit.

V.

La cinquiéme étoit d'Innocent VI. qui fut crée dans le Palais d'Avignon il en fit bâtir le côté meridional avec la grande Chapelle, & la plus grande partie des murailles de la Ville. Il ſe donna de grands ſoins pour procurer la reforme du Clergé, & la paix de l'Europe, il fonda la Chartreuſe de Villeneuve où il eſt enterré.

*Innocentius VI. Gallus P. O. M. Disciplinæ & pacis aman-
tissimus.*

V I.

La sixiéme étoit celle du Pape Vrbain V. que l'on peut appeller Saint à
raison de ses rares vertus, il fut créé dans le Palais d'Avignon. Il en fit
bâtir les appartements où Messeigneurs les Princes ont logé, il fit tailler dans
le roc la grande Cour que Monseigneur Sanvitali Vice-Legat vient de faire
applanir. Il fit bâtir les murailles, & la Porte de saint Lazare par où s'est
faite cette Entrée. Il mourut à Avignon dans le Palais du Cardinal Albane
ou d'Albe, les miracles qu'il fit aprés sa mort le firent mettre dans le Me-
nologe de Saint Victor de Marseille où son corps fut transferé, comme il
l'avoit ordonné.

*Urbanus V. P. O. M. dignissimus Petri successor, & Xti.
Vicarius.*

V I I.

Ce rang de Medailles étoit fermé par celle de Gregoire XI. de la maison de Canillac. il fut Grand homme de bien, & l'un des plus fameux ju-
risconsultes de son temps. C'est lui qui rétablit le Saint Siege à Rome.

*Gregorius XI. P. O. M. qui sedem Pontificiam Romæ
restituit.*

Le dessus des Pilastres étoit terminé par des Vases posez sur leur Acro-
teres.

L'Entredeux des Pilastres étoit rempli de part & d'autre de Cartouches à Devises.

Les deux premieres servoient à exprimer la joye Publique de la Ville
sur cette heureuse Reception, l'une avoit pour Corps, une troupe d'oyseaux qui se répandent dans les airs, & sont transportez de joye dez qu'ils
voyent approcher le jour avec, ces mots.

SYDERIS ADVENTV LÆTA.

D'un tel Astre l'Aspect cause tous ces transports.

Le Corps de la seconde étoit formé de plusieurs Aigles qui regardent
le Soleil levant, & ce mot imité de Virgile en faisoit l'Ame.

OMNES AMOR VNVS HABET.

D'une commune ardeur ces transports sont l'effet.

Ces

Ces deux penſées étoient réünies dans ce Diſtique.

Syderis adventu, ſe Lata effundit in auras ;

Tota Cohors ; Omnes nos amor unus habet.

Deux autres Deviſes regardoient perſonnellement Monſeigneur le Duc de Bourgogne pour deſigner le genie vif & pénétrant dont il donne depuis long temps des marques.

Pour le Corps de la premiere on avoit peint un Lys avec ce mot de Sympoſius qui a d'écrit les qualitez de cette Fleur.

SPIRITVS EST MAGNVS.

Un Eſprit pénétrant le fait par tout connoître.

Vn Tymbre qui en ſon temps doit faire du brüit, & donner des coups pour ſonner les heures, ſignifioit qu'en ſon temps ce Prince fera du bruit par ſes expeditions, & portera de rudes coups aux ennemis de ſa gloire.

A TEMPO GRIDO E' COLPO.

Il n'attend pour frapper que l'heure, & le moment.

L'Hiſtoire de ce Philippe Duc de Bourgogne dont nous venons de parler, remarque que pour le butin de ſa premiere victoire remportée en Flandre, il choiſit une Horloge. *Et iceluy Horloge*, dit Froiſſard, *Le Duc fit tout mettre en pieces ſur char, & charoyer en la Ville de Dijon.*

Pour exprimer l'air Martial que fait déja paroître Monſeigneur le Duc de Berry, on avoit employé un Lys qui commence à s'ouvrir avec ces mots.

SI MONSTRA GIA IL MIO CVORE.

Et pour marquer cette noble ingenuité qui brille dans ſa perſonne, *La voye Lactée* avec ce mot d'Ovide.

CANDORE NOTABILIS IPSO.

Deux Diamants de Grand prix ſervoient de corps à une Deviſe double avec ce mot pour la premiere.

QUEMQUE SUUM PRETIUM COMMENDAT.

Et celuy-cy pour l'a ſeconde. ET AUGENT.

CONJUNCTI PRETIUM.

Chacun d'Eux á ſon prix, & l'un rehauſſe l'autre.

Telle étoit la Decoration de la Porte Saint Lazare où l'on avoit fait ranger en haye une partie de la Garniſon Italienne, ſous les ordres de Monſieur Bonaventure qui en eſt le Commandant.

E

PLEBISCITUM
DE TRIUMPHALI POMPA DECERNENDA
LUDOVICO
BVRGVNDIÆ DVCI

D. T. O. M.

CVJVS AVSPICIIS FIVNT QVÆ CVMQVE FAVSTA
Laus prima esto

ÆTERNÆ BORBONIORUM PRINCIPUM PIETATI CELEBRANDÆ;

AVENIO SEPTEM-GEMINA,

MONUMENTA SEPTEM, ET CORONAS TOTIDEM DECERNIT;

I.

D. LUDOV. BORBONIÆ GENTIS AUCTORI SANCTISSIMO,

CORONAM AUREAM, ET TEMPLUM,

QUOD AUGG. NEPOTIBUS AD IMMORTALITATEM SIT APERTUM.

II.

EMINENTISSIMIS E' BORBONIA GENTE CARDINALIBUS LEGATIS AVENIONENSIB.

AUGUSTORUM PRINCIPUM CONSANGUINEIS,

PRO MAXIMIS IN CIVITATEM NOSTRAM MERITIS,

CORONAM ARGENTEAM ET OBELISCUM.

III.

HENRICO MAGNO PRO RELIGIONE ET REPUBLICA VINDICATA

ARCUM TRIUMPHALEM, ET CORONAM QUERNEAM CIVICAM.

IV.

LUDOV. JUSTO PRO RECUPERATIS URBIBUS, ET HÆRESI AFFLICTA,

ARCUM TRIUMPHALEM, ET CORONAM PALMEAM.

V.

LUDOV. MAGNO PRO HÆRESI EXTINCTA,
ET RELIGIONE AMPLIFICATA,
STATUAM EQUESTREM, ARCUM TRIUMPHALEM,
ET CORONAM LAUREAM.

VI.

LUDOV. DELPHINO VICTORI, PIO,
BELLI PACISQUE STUDIIS INCLYTO,
PRO AUGUSTA PROLE,
ARCUM TRIUMPHALEM ET OLEAGINEAM,

VII.

LUDOV. BURGUND. ET CAROLO BITURICENS. DUCIBUS PRO,
EXERCITIIS MILITARIBUS, ET PRO SPE MAGNA MAXIMA REGNI,
THEATRUM, TROPHÆUM, CORONAM LILIATAM
ET NUMMOS AUREOS TYPO PROPRIO CUSOS.

Parmy ces Formules latines des Anciens, il en eſt qui ont des tours ini-
mitables dans nôtre langue : on en ſent la Majeſté, & on ne peut l'expliquer qu'imparfaitement. Voicy toutefois le ſens que cela peut faire par raport au Stile François.

MONUMENTS
DE GLOIRE
DE CERNEZ PAR LA VILLE D'AVIGNON
POVR LA RECEPTION
DE MESSEIGNEVRS
LES

PRINCES

LA Ville d'Avignon Confacre fept Monuments de Gloire, & autant de Couronnes à la Pieté de la Royale Maifon de Bourbon, pour ho-norer l'Entrée des Princes Enfans de France qu'Elle doit recevoir.

I.

A la Gloire immortelle de Saint Loüis, Heureufe Tige de la Royale Maifon de Bourbon, une Couronne d'or, & un Temple ouvert à fes Au-guftes Neveux.

II.

A la Pieté bienfaifante des Eminentiffimes Cardinaux Princes de la Ro-yale Maifon de Bourbon, Legats d'Avignon, un Obelifque & une Cou-ronne d'Argent.

III.

A la Valeur Chrétienne de Henry le Grand, pour avoir confervé l'Eglife, & la Monarchie de France, une Couronne de Chaîne, & un Arc de Triom-phe.

IV.

Aux Vertus Heroïques de Louïs le Jufte qui a réuni les Villes, & les Pro-vinces à l'Eglife, une Couronne Civique, & un Arc de Triomphe.

V,

A Louïs le Grand pour avoir rendu la France toute Catholique, & con-tribué à établir la veritable Religion dans les Climats les plus éloignez, une Statuë Equeftre, un Arc de Triomphe, & une Couronne de Laurier.

VI.

A Monfeigneur le Dauphin Illuftre dans la Paix & dans la Guerre, une Couronne d'Olivier, & un Arc de Triomphe.

VII.

A Monfeigneur le Duc de Bourgogne, & à fon Augufte Frere le Duc de Berry, pour les grandes efperances que le Royaume a conçûës d'EUX, & pour l'heureux fuccez de leurs exercices militaires, une Couronne de Lys, des Throphées, & des Medailles d'or.

C'eft là le Plan & l'Ordre de tout l'Appareil.

PREMIER

PREMIER
MONUMENT DE GLOIRE
CONSACRE'
A L'AVGVSTE PIETE'
DE LA ROYALE MAISON
DE BOURBON

LE PALAIS OV LE TEMPLE
de la Pieté.

E N arrivant à la Porte de Saint Lazare , le premier objet qui attira les regards de Meſſeigneurs les Princes , ce fut un magnifique Temple ou Palais conſacré à la Pieté de la Royale Maiſon de Bourbon ; c'eſt ce que diſoit cette inſcription placée au tour du Cintre du Grand Arc.

Æternæ D. LVDOV. & Borboniorum Principum Pietati Sacrum.

Cet Edifice d'Ordre Jonique étoit poſé ſur une élevation de quatre pieds & demy , qui lui ſervoit de Baſe ou de Piédeſtal regnant tout au tour du Temple où l'on entroit par neuf degrez·

Il étoit compoſé de trois Faces dont la plus grande avoit environ huit Toiſes & un pied dans œuvre , ſur autant de hauteur juſques à l'Entablement de l'Attique avec ſon Dome par deſſus.

Le Plan étoit compoſé de vingt Colomnes de Marbre jaſpé , & au tour du Temple dans les Entrecolomnes regnoit une Baluſtrade de Marbre blanc

F

à hauteur d'apuy. Les Bafes & Chapiteaux des Colomnes étoient d'Or.

Au milieu de chaque Face il y avoit un grand Arc de trente pans de hauteur fur environ douze & demy de largeur Ces Arcs étoient fi exaucez que l'Entablement des Colomnes leur fervoit d'Impofte.

La plus grande Face étoit conftruite de huit Colomnes entre lefquelles s'élevoient quatre grandes figures d'Or d'une taille heroïque pofées fur leurs Piédeftaux : ces figures repréfentoient Henry le Grand, Loüis le Jufte, Loüis le Grand, & Monfeigneur le Dauphin, qui fembloient attendre Meffeigneurs les Princes pour les introduire dans ce Palais de Gloire, où ils occupent déja Eux-mémes une fi bonne place. Ils étoient tous quatre repréfentez en Heros vétus à la Romaine Couronnez de Laurier le Sceptre ou le Bâton de Commandement femé de Fleurs de Lys à la main. les Piédeftaux étoient de Marbre noir, & chargez d'Infcriptions en lettres d'Or, par lefquelles on apliquoit à ces Princes, les Juftes Eloges qu'on a fait de la Pieté de leurs Ancêtres. Ainfi l'on voyoit fous Henry IV. ce Glorieux témoignage du Pape Innocent III.

> *Exaltationem Regni Francorum,*
>
> *Sublimationem Apoftolicæ fedis*
>
> *Reputamus.*   Innoc. III.

Sous Loüis XIII. étoit celuy que rapportent les Annales Ecclefiaftiques à l'honneur de Loüis le Begue.

> *Juftitiæ, Pacis Ecclefiafticæ,*
>
> *Religionifque obfervantiffimus.*
>
>   Regin. in Annal.

Sous le Portrait du Roi on lifoit ces belles Paroles du Pape Pie II. que ce Grand Monarque a fi bien verifiées.

> *Fidem fervare, & Romanam,*
>
> *Ecclefiam honeftare, ac defendere*
>
> *Francorum Régum proprium eft.*
>
>   Pius II.

Sous Monfeigneur on avoit mis ces fages avis, qu'un de nos plus pieux Monarques donnoit à fes trois Fils.

Super omnia iubemus , ac præcipimus ,

Vt ipſi Tres Fratres curam , & defen-

ſionem Eccleſiæ Sancti Petri ſuſcipiant.

Ludov. pius ad Filios in Chronic.

CEs deux dernieres Inſcriptions étoient les plus expoſées aux yeux de Meſſeigneurs les Princes , parce qu'Elles répondoient aux deux côtez du Grand Arc de ce Temple où ils monterent par les degrez qui étoient poſez contre la Baſe de l'Edifice.

Ces vingt Colomnes de Marbre jaſpé avec leurs Chapitaux d'Or portoient une Corniche enrichie de tous ſes ornements ſelon l'Ordre , & embelie de Magnifiques Cartouches qu'on avoit remplis alternativement de Deviſes ſur la Pieté de la Maiſon Royale , & de Medailles de ceux des Papes ſous qui les Roys Trés-Chrétiens ont eſté receus à Rome , ou à Avignon , ou qui ont receu eux mémes les Souverains Pontifes dans leurs Eſtats.

Au deſſus de la Corniche s'élevoit un Attique poſé ſur un Socle , & accompagné de ſa Corniche , de ſes Conſoles , & de ſes Pilaſtres , dont les Panaux étoient chargez d'Emblemes & d'Ecuſſons. Douze grandes figures d'Or aſſiſes repréſentoient les vertus Royales que la Pieté met en œuvre. Elles formoient un Couronnement à ce Temple , & étoient poſées au deſſus des Pilaſtres de l'Attique.

DECORATION
DU TEMPLE
DE LA PIETÉ

LES INSCRIPTIONS

LEs trois Faces de cet Edifice avoient chacune un Grand Arc , ſur le milieu duquel on avoit placé une Inſcription. Celle qui ſe préſentoit la premiere propoſoit le ſujet Général de tout l'Appareil en ces Termes

AUGUSTA. BORBONIÆ. GENTIS. PIETAS.

LUDOVICO. BURGUNDIÆ. DUCI. AVENIONE EXHIBITA.

DUM. ALTERAM. ILLAM. ROMAM.

UNA CUM CAROLO. BITURICENSIUM. DUCE. FRATRE. ALTERO

FÆLICIBUS. AUSPICIIS. SUBIRET.

On avoit mis fur une autre Face la mefme Infcription en François.

L'AUGUSTE PIETE' DE LA ROYALE MAISON

DE BOURBON,

SUJET DE L'APPAREIL FAIT A AVIGNON

POUR LA RECEPTION

DE MONSEIGNEUR LE DUC DE BOURGOGNE

ET DE MONSEIGNEUR LE DUC DE BERRY

PRINCES ENFANS DE FRANCE.

Sur la Clef de l'Arc de la plus grande Face de ce Temple, le Portrait de Nôtre Saint Pere le Pape Clement XI. paroiffoit élevé dans un magnifique Cartouche porté par un Groupe de Genies : c'étoient ceux de la Foy, de l'Efperance, de la Charité, & de la Religion ; au tour du Tableau on avoit mis ces paroles.

CLEMENS XI. SUMMUS. PONTIFEX.

SINCERÆ. PIETATIS. ALUMNUS IDEM. ET PARENS.

OPTIMUS. MAXIMUS.

Et au deffous du Portrait on lifoit ces Vers.

Hic vir, hic eft totus merito quem fufpicit orbis,

Quem bene Ter Magnum trina corona facit,

Albanam Gentem claris virtutibus ornat,

Et pia, Clementis, munia Patris obit.

L'un de ces Genies préfentoit á Meffeigneurs les Princes ce Portrait, & leur adreffoit ces paroles dans un autre Cartouche.

CLEMENS XI. BEATISSIMUS CHRISTI VICARIUS.

TOTIUS ORBIS CATHOLICI PARENS UNICUS,

AUGUSTIS FRATRIBUS LUDOVICO, ET CAROLO,

LUDOVICI MAGNI NEPOTIBUS, GALLIARUM DELPHINI FILIIS,

PRÆTER PATERNÆ INDULGENTIÆ OSCULUM, POMPAM DECERNIT,

AVENIONEM ALTERAM ROMAM AD PLAUSUM,

CÆLUM APERIT AD IMMORTALITATEM.

Un

Vn autre genie préfentoit dans un troifiéme Cartouche ce Quatrain
à l'honneur du Pape dont il tenoit auffi le Portrait.

Telle eft du Dieu vivant la plus fenfible image ,

Tel de la Pieté le plus parfait Ouvrage ,

Avant que fous ce nom Regnat la Sainteté

Tout jeune qu'il eftoit Clement l'eut merité.

On fçait que ce grand homme a été élevé fur le Thrône de Saint Pierre
préferablement à tant d'illuftres Cardinaux , parmy lefquels il y en avoit
quarante plus âgez que lui , & qu'il n'en coûta pas peu à fa modeftie d'accepter cet honneur.

Au tour du Cintre des deux Arcs on avoit employé ces deux Vers de Virgile pour inviter Monfeigneur le Duc de Bourgogne à entrer dans ce Temple.

Ingredere , & facris fuccede penatibus hofpes ,

Et noftris iam tum votis affuefce uocari.

Le long du Piédeftal fur lequel le Temple étoit élevé , on voyoit cet
Eloge que Saint Ierôme fait de la Pieté Chrétienne qu'il appelle le fonde-
ment de toutes les vertus.

Pietas virtutum omnium fundamentum.

Et plus bas on lifoit cette acclamation dont le peuple Romain accompagna
la magnifique Reception qu'il fit aux Princes de la Maifon de France fous
le Pape Etienne III.

Cives Apoftolorum , Et Domeftici Dei advenerunt hodié por-

tantes pacem , & illuminantes Patriam.

Gall. monach. fub Car. Calvo.

LES DEVISES.

Outre les Ornements d'Architecture que la Frize demandoit felon l'ordre , elle étoit chargée fur les Faces du Temple d'un Rang de Peintures Symboliques formé alternativement de Medailles & de Devifes.

Le Corps des Devifes étoit Tiré des Fleurs de Lys qui compofent les
Armes de France.

G

PREMIERE DEVISE.

Pour exprimer la grandeur de la Maiſon Royale, on avoit peint un Lys dans ſa grandeur naturelle parmy differentes Fleurs qui ornent un parterre, avec ce mot de Pline.

NON VLLI MAIOR EXCELSITAS.

Qu'elle autre de ces Fleurs montre plus de grandeur ?

C'étoit déja la gloire de nos Roys du temps de Saint Gregoire d'étre au-tant élevés au deſſus des autres Princes que la Dignité Royale l'eſt au deſſus des autres conditions. *Quantò cæteros homines Regia dignitas antecellit, tantò cæterarum gentium Regni veſtri culmen excellit :* diſoit ce grand Pape dans une de ſes lettres au Roy Childebert, & quand eſt - ce que cet Eloge fut plus juſte que ſous le regne de Loüis le Grand, qui a porté la gloire de la Mo-narchie plus haut qu'aucun de ſes Pedeceſſeurs depuis Charlemagne ; mais dans un ſens encore plus beau ces paroles, pouvoient s'appliquer à l'Ori-gine des Fleurs de Lys des Armes de France que pluſieurs Autheurs aſſeurent avoir été apportées du Ciel pour recompenſer la Pieté du Roi Clovis. Ainſi l'on pourroit dire de ces Fleurs de Lys, comme on le dit des perles, que leur éclat vient du Ciel.

DECOR OMNIS AB ALTO.

C'eſt du Ciel que nous vient nôtre plus grand éclat.

DEVXIEME DEVISE.

Vn Lys joint à une Roſe marquoit l'union que la France deſignée par le Lys conſerve Réligieuſement avec le Saint Siege dont la Roſe peut eſtre le Symbole, par rapport à celle que les Papes beniſſent une fois tous les ans, durant le Caréme, & dont ils font preſent à quelqu'un des Princes Chré-tiens. Alexandre III. & Jean XIII. l'envoyerent à nos Roys. Ce mot de Virgile faiſoit l'ame de la Deviſe.

SIC JVNCTI QVONIAM SVAVES.

D'un ſi charmant accord on admire l'effet.

On ſçait le ſort que la Fable attribuë à la Roſe qui de blanche devint rouge. Celle de l'Egliſe peut trouver la cauſe d'un pareil changement dans la pourpre du Cardinal Albano, & la liberalité du Pape Clement XI.

Alba fui, Albani fecit me purpura rubram,

Munifici me nunc Patris inaurat amor.

TROISIEME DEVISE.

Vn Autel fur lequel on voit placé un Vafe garni d'un bouquet compofé de trois Lys qui ne font que s'eclore avec ce mot de l'Ecriture.

FLOREBIT ANTE DOMINVM.

Pour l'honneur des Autels on les verra fleurir.

Ce qui s'eft déja verifié du zéle de Henry le Grand, de Louïs XIII, & du Roi, continuera en faveur de la Religion dans la perfonne des trois Princes en qui commence la Floriffante Pofterité du Roi & de Monfeigneur.

QVATRIEME DEVISE.

Deux Lys qui croiffent encore, & dont toute la beauté fe develope peu à peu pour defigner Meffeigneurs les Princes en qui fe retrace tous les jours de plus en plus la Gloire de leurs Peres. C'eft ce qu'expliquoit ce mot d'un Poete.

LUCENT, TOTVSQVE PARVMPER
FLORET HONOS.   Valer. Flac. de Argon. l. 6.

On voit avec leurs iours augmenter leur Eclat.

CINQVIEME DEVISE.

C'eft dans le mois de Juin, & lorfque le Soleil eft dans le Signe des deux Freres Caftor & Pollux que les Lys fleuriffent mieux en certains païs. C'eft fous cette conftellation du Zodiaque que paroiffoient des Lys parfaitement beaux, pour exprimer que la France fera auffi floriffante que jamais par les vertus, & les actions de ces deux Illuftres Princes.

NON ALIO MELIVS SUB SYDERE CRESCUNT.

D'un tel Aftre l'Afpect les rend plus Florißants.

SIXIEME DEVISE.

Marguerite de Valois avoit pris pour fa Devife un Lys Couronné avec ce mot, *Naturæ Mirandum opus.* Il n'y a qu'a en faire l'application à l'état préfent de la France. Si les trois Lys de fes Armes peuvent defigner les trois Princes qui doivent foûtenir la Couronne, on peut dire que celuy du milieu eft déja Couronné, & que fon Couronnement à quelque chofe de merveilleux puifque les Droits que la Nature donnoit à Monfeigneur ont eu leur effet, lorfque l'Europe s'y attendoit le moins ; c'eft furquoi l'on peut fe recrier *Naturæ Mirandum opus.* Le Lys paffoit chez les Grecs

pour une Fleur propre à former des Couronnes, c'eſt pour quoy il eſt appellé *Flos Coronarius*, & par Dioſcoride κυϑιν ϛιφανηματικον, c'eſt àces merveilles que
faitalluſion l'Epigrame ſuivante ſur le Teſtament du Feu Roi d'Eſpagne *Charles* II. Et le Couronnement de ſon ſucceſſeur Philippe V.

Carolus improlis moritur, Prolemque relinquit,

Nam populi Patrem ſe moriendo probat,

Mox Auguſte Nepos, in ſceptra Paterna vocaris,

Te Regem Hiſpanus, te nouus orbis habet,

Ecce tibi veniunt alio ſub ſole labores,

Res Nova! Res certe eſt grandior orbe Novo.

LES MEDAILLES

*Ces Deviſes ètoient rangées alternatiuement auec des Medailles
de trois ſortes.*

I.

PRemierement celles des papes qui on receu des Roys de France à
Rome avec les honneurs du triomphe.

II.

Celles des Papes à qui les Rois trés-Chrétiens ont fait des Receptions
magnifiques dans leurs Eſtats.

III.

Celles des Papes ſous le Pontificat de qui on a rendu de pareils honneurs aux Rois où aux Princes de la maiſon de Bourbon à Avignon.

I.

On voyoit dans le premier rang les medailles du Pape Eſtienne III. d'A-
drien I. de Nicolas I. & de Jean VIII.

I.

Le Pape Eſtienne III. étant perſecuté par Aſtolphe Roi des Lombards,
ſe refugia en France, où le Roi Pepin le receut avec toute la magnificence poſſible, enſuite il le ramena à Rome ; mais le Tyran ayant aſ-
ſiegé cette Ville, quelque temps aprés Pepin repaſſa en Italie, dompta
Aſtolphe, aſſeura au Saint Siege L'exarcat de Ravene, la Marche d'An-

conne

conne , & en particulier la Ville d'Vrbin Pays Natal de Nôtre Saint Pere le Pape Clement XI. & commença à mettre dans la fplendeur l'Eglife Romaine, comme le dit cette Infcription qu'on voit à Ravenne , *Pipinus Pius amplificandæ Eccleſiæ viam aperuit, &c.*

Stephanus III. P. O. M. Pipino Regi Chriſtianiſſimo ob vindicatam ab Alſtolphi Tyrannide ſedem Apoſtolicam Romæ Triumphum decernit.

II.

Adrien fucceda à Eftienne III. Il eut recours à Charlemagne contre l'opreffion de Didier Roi des Lombards, il en fut vangé par cet Empereur qu'il receut à Rome comme un Ange de paix, & qui augmenta les donations que fon Pere Pepin avoit faites au Saint Siege. A fon exemple le Pape Leon III. recourut deux fois à ce pieux Protecteur qui le receut la premiere fois à Paderborne , & la feconde à Reims. Charlemagne étant venu à Rome pour affeurer l'authorité , & la vie mefme de ce Pape , il fut Couronné Empereur l'An D. C.CC.

Carolo Magno Imperatori Auguſto , ob aſſertum à tyrannide , & amplificatum Divi Petri Patrimonium , Triumphum & Coronam decern. Adrianus I. P. O. M.

III.

Nicolas I. imita le zéle & la fermeté de Saint Leon. Loüis fecond alla à Rome pour le feliciter de fa Promotion : Il affifta à la Cérémonie de fa Confécration : il engagea le Clergé de France à le foûtenir contre les Grecs ; & Lambert Fils du Duc de Spolete perfecutant l'Eglife , ce Pape fe refugia en France. Le Roi , tout malade qu'il étoit , fe fit porter jufques à Troyes pour luy aller au devant.

Ludovico ſecundo Imperatori Auguſto & Galliarum Regi Chriſtianiſſimo , jurium Eccleſiaſticorum acerrimo vindici , Nicolaus I. P. O. M.

IV.

Jean VIII. fucceda à Adrien II. Il Couronna Empereur Charles le Chauve : la Cérémonie s'en fit à Rome le jour de Noël l'an 875. Les Sarrafins étant fur le point d'affieger Rome , ce pieux Prince accourut à fon fecours. Il rencontra à Verceil ce Pape , qui fe refugia en France aprés s'être échapé de la prifon où fes Ennemis l'avoient enfermé.

H

Carolo Calvo Imperatori Augusto , dignitatis pontificiæ vindici

& libertatis aßertori Joann. VIII. P. O. M.

2.

Sur la Frize d'une autre Face de ce Temple , On voyoit les Medailles des Papes que les Rois de France ont receu dans leurs Eſtats.

I.

Eſtienne V. eut beſoin de ſecours contre les Lombards qui infeſtoient les terres du Saint Siege. Il vint en France , & Couronna à Reims l'Empereur Loüis le Debonnaire qui le receut avec de trés - grands honneurs. On remarque de ce pieux Monarque qu'il communia les quarante derniers jours de ſa vie.

Stephano V. P. O. M. Ludovicus Pius imperator Trium-

phalem Pompam decernit Remis ann. D C C X V I.

I I.

Loüis VI. dit le Gros eut l'honneur de recevoir quatre Papes refugiez dans ſes Eſtats.

Gelaſe II. qui fut chaſſé de Rome par l'Empereur Henry V. & par l'Antipape Maurice

Paſchal II. que l'Antipape Guibert , & divers petits Tyrans d'Italie tacherent d'opprimer.

Calixte II. qui étoit François , & Archevefque de Vienne , Oncle de la Reine Adelais femme de Loüis VI.

Innocent II. qui fut obligé de chercher un azile contre l'Antipape Pierre de Leon. Le Roi lui vint au devant juſques à Saint Benoît ſur Loire.

Pafcali II. & Gelaſio II. Calixto II. Innocentio II. ſummis

Pontificibus Ludov. VI. Sancta ſedi devotiſſimus ius azili , &

Triumphi honorem. Decern.

I I I

Allexandre III. fut perſecuté par la faction ſchiſmatique de l'Empereur Frederic Barbe-rouſſe , & de trois Antipapes , il ſe refugia auprés de Loüis le Jeune qui le receut à Paris avec tout l'empreſſement d'un Fils Aîné de l'Egliſe.

Alexandro III. P. O. M. unico Eccleſia capiti & parenti, Lu-

dovicus ſeptimus Galliarum Rex Filius Eccleſia primogenitus, &c.

I V.

Clement VII de la Maison de Medicis eut recours à la France contre les entreprises de Charles V. qui le fit assieger dans le Chasteau Saint Ange. Sa paix ayant esté faite, il vint à Marseille où François I. lui fit une Reception des plus magnifiques ; il conclut le Mariage de son fils Henry II. avec Catherine de Medicis Niece du Pape, & dans la suite Henry heritier du zéle de son Pere alla à Rome pour delivrer le Pape Paul IV. qu'on y tenoit bloqué ; lui fit remettre Tivoli, Ostie, & plusieurs autres Villes.

Clementi VII. P. O. M. ab Episcopatu Massiliensi, Narbonensi, &c. Assumpto, Francisc. I. Galliarum Rex Christianissim. debitos honores Massilia decernit.

Il y avoit autrefois à Paris auprés des murs de l'Abbaye de Sainte Géneviéve, une porte qui n'avoit servi que pour les entrées des Papes que nos Roys avoient receu dans cette Capitale de leurs Estats, & cette Marque de respect prouve aussi bien qu'un infinité d'autres, ce qu'Ives *de Chartres* écrivoit au Pape Alexandre. Que de tous les Royaumes du monde Chrétien il n'en est aucun qui ait Conservé une soumission plus sincere, ny un attachement plus constant envers le Saint Siege, que le Royaume de France. *Inter omnia regna, non est regnum quod fidem sinceriorem, devotionem Vberiorem Apostolicæ sedi semper exhibuerit, quam Francorum.*

Ivo Carnutens. ad Alexandr. Pontif. Ep. 37.

3.

Les Medailles qui regnoient sur la Grande Face du Temple regardoient plus particulierement la Royale Maison de Bourbon.

I.

Clement VIII. receut dans le sein de l'Eglise Henry le Grand, il benit son Mariage avec Marie de Medicis laquelle venant en France passa par Avignon où elle fut receuë avec tout l'Appareil d'un Triomphe dont le sujet fut pris des victoires, & des vertus de son Royal Epoux.

Henrico IV. Galliarum & Navarra Regi, qnod avitam Religionem assumpsit, Neotericam abdicavit Clemens VIII. P. O. M. Triumphalem apparatum Decernit.

II.

Gregoire XV. étoit sur le Thrône de Saint Pierre lorsque Louïs le Juste vint à Avignon : ce Pieux Monarque s'employa auprés de sa Sainteté pour la Canonisation de Saint Ignace, & de saint François Xavier, &c. Et l'année mesme de cette Canonisation, il fut receu avec un Apareil Triomphant dans cette Ville où il laissa plusieurs exemples de sa Royale Pieté.

Ludovico XIII. Galliarum & Navarra Regi uerę Chriſtianiſſimo Gregorius XV. auguſtam fælicitatem & Triumphalem Pompam.

III.

Alexandre VII. de la Maiſon de Chigi contribua de tous ſes ſoins à la Paix des Pyrenées qui fut heureuſement concluë par le Mariage de la feuë Reyne Marie Thereſe d'Auſtriche avec le Roy; ce fut à l'occaſion de ce Mariage que Sa Majeſté vint à Avignon l'an 1660.

Ludovico XIV. Regi chriſtianiſſimo , Eccleſia filio primogenito novo Alexandro , ſummus Pontifex Alexander Triumphi Apparat. Auguſtam fælicitatem.

Cette Medaille répondoit à la figure du Roy ; on avoit menagé un pareil regard pour celle de Gregoire XV. avec Louïs XIII. & de Clement VIII. avec Henry IV.

IV.

La derniere étoit celle du Pape d'aujourd'huy : Elle répondoit au Portrait de Monſeigneur le Dauphin , ſur qui réjaliſſent les honneurs de cette Reception. Le nom de Louïs Clement , que ce Grand Prince a reçû de Clement IX. ſon Parrain , formoit un nouveau rapport avec Nôtre Saint Pere.

Dilectiſsimi Ludovici Clementis Galliarum Delphini Filijs Auguſtis Clemens XI. P. O. M. intemeratam fælicitatem.

Ce Digne Pape ſembloit au nom de tous les autres répandre ſes Benedictions ſur nos Auguſtes Princes , & leur exprimer ces favorables ſouhaits.

CLEMENTIS XI. P. O. M.
Votum.

Borbonidum charam ſobolem , Deus ille Beare

pergat , qui tot avis Regna beata dedit.

Sic Patrum in natos Pietas transfuſa , perennem ,

Impleat æterna proſperitate , Domum,

Le Pape Innocent III. appelle la France un Royaume benit du Ciel. *Regnum Benedictum ;* C'eſt dequoy nous voyons tous les jours des preuves plus éclatantes. Cap. Noviti.

ORNEMENTS

ORNEMENTS DE L'ATTIQUE DV TEMPLE.

Six Emblemes peintes en Camayeu d'Or , & quatre Ecuſſons Magnifiques aux Armes du Roi , de Monſeigneur , & de Meſſeigneurs les Princes rempliſſoient les trois Faces de l'Attique.

On avoit choiſi le ſujet des Emblemes parmi les plus fameux exemples de Pieté que l'Ecriture nous ait fourni.

I. EMBLEME.

Pour exprimer le reſpeſt de la Royale Maiſon de Bourbon envers l'Egliſe dont nos Roys ſont les Fils Aînez , on avoit peint la Mere des Machabées auprés de ſes Fils qu'elle forma ſi bien à la Pieté.

Eſt prima in matrem pietas nati.

Cette Femme que l'Ecriture appelle admirable , fut illuſtre par ſa naiſſance, & par ſa Pieté. La Royale Maiſon de France eſt la plus illuſtre du monde pour l'Ancienneté , & pour le zéle de la veritable Religion. Les ſept Princes qu'elle a donné en Ligne direſte depuis Henry le Grand répondent aux ſept Fils de cette heureuſe Mere. Le reſpeſt qu'ils ont pour l'Egliſe leur eſt tellement héréditaire , que de tous les Empereurs * ou Princes qui ont perſecuté l'Egliſe , & les Papes , il n'en eſt aucun que les Roys de France ayent aſſiſté ni favoriſé , *Sis obediens matri noſtræ Romanæ Eccleſiæ (* diſoit Saint Loüis à ſon Fils ,) c'eſt ce que ſes deſcendants ont toûjours pratiqué. *V. Annal. de l'Egliſe Cathol. &c.*

II. EMBLEME.

David ſe joüant des Lions , & des Ours durant ſa jeuneſſe , & en récompenſe de ſa Pieté , repréſentoit ici les prodigieux ſuccez que la Pieté des Rois de la Maiſon de Bourbon leur a fait remporter dés leur bas âge, ſur les ennemis de l'Eſtat , & de la Religion. Il ne faut que ſe ſouvenir de la proteſtion ſinguliere que le Ciel a donné à la Minorité de Loüis le Juſte & à celle de Loüis le Grand.

Dedit his Pietas illudere monſtris.

III. EMBLEME.

Vne autre Embleme repréſentoit la Sainte union des trois Princes Macabées , qui conſpirerent au rétabliſſement du Culte Divin , lequel étoit détruit ou alteré par une fauſſe Religion qu'Antiochus venoit d'introduire dans la Judée. Les trois Heros que la Royale Maiſon de Bourbon a déja vû ſur le Thrône de la France , ont conſpiré avec encore plus de ſuccez à

I

rétablir là gloire de nos Autels profanez par la nouvelle Religion. C'eſt ce que ſignifioient encore ces mots du Livre des Machabées.

Aſcendamus renovare ſancta & mundare.   Mach. 1. 1.

Il n'eſt pas juſques à ce nom de *Macabées* qui ne convienne au Roi, & à ſes deux Predeceſſeurs ; puiſque les généreux defenſeurs de l'ancienne Loi, ne le porterent que pour exprimer qu'ils s'étoient propoſez de détruire la fauſſe Religion. Et l'Hiſtoire nous apprend que Robert dit le Fort Grand Pere d'Hugues Capet fut ſurnommé le *Macabée* de ſon Siecle pour avoir eſté le ſoûtien de l'Egliſe, & de l'Eſtat contre les Infidelles.

IV. EMBLEME.

Dans le Tableau ſuivant on avoit depeint le Saint Roy Joſias ordonnant la demolition des Temples , & des lieux qui avoient eſté conſacrés aux fauſſes Divinitez. La neceſſité des temps avoit contraint Henry le Grand à tolerer les Temples des Calviniſtes , mais Loüis le Juſte entreprit de les renverſer, & ſon Auguſte Fils a heureuſement achevé de le faire , en ordonnant la demolition de plus de cinq cens Temples.

Abſtulit ergo Rex Joſias cunctas abominationes.

Paralip. 1.

V. EMBLEME.

La Pieté de la Maiſon Royale ne s'eſt pas bornée à faire démolir les Temples des Heretiques ; dans un Siecle Elle a fait élever ou conſacrer à Dieu plus de cent Egliſes qu'Elle a ornées & enrichies. C'eſt ce qu'on a voulu ſignifier en faiſant peindre Salomon occupé à donner le plan du Temple de Jeruſalem.

Vincit ut David , ædificat ut Salomon.

Ce mot eſt tiré de la Medaille qu'on fit battre lorſque Loüis le Juſte mit la premiere pierre de l'Egliſe de Saint Loüis des Jeſuïtes de Paris. Il la fonda enſuite d'un vœu qu'il avoit fait pour obtenir un Fils par l'interceſſion de ſon Saint Ayeul.

VI. EMBLEME.

Pour exprimer que la Maiſon de Bourbon à le bonheur de conter des Ss. parmi ſes Ancétres , l'on avoit peint le pieux Tobie montrant le Ciel à ſon Fils à qui il diſoit ſouvent ces paroles.

Filii Sanctorum ſumus.

Outre le Roy Saint Loüis Tige de la Branche Royale de Bourbon , & ſon neveu le Saint Eveſque de Toulouſe , on fait la Fête de Saint Charlemagne à Aix la Chapelle , & au Parlement de Paris , de Saint Sigebert

Roi de Mets Fils du Roi Dagobert. Saint Gontran Roy d'Orleans fils de Clotaire, Saint Cloud fils de Clodomir, & petit fils de Clovis; Sainte Ter-site Vierge, arriere petite fille de Clovis; Saint Arnoul Duc d'Austrasie, & ensuite Evesque de Mets; Le Bien-heureux Pierre de Luxembourg; Sainte Jeanne de France; Sainte Reyne; Sainte Blatilde femme de Clovis second, & un Grand nombre de Princes & Princesses illustres par la Sainteté de leur vie, prouvent que la pieté est hereditaire dans la Royale Maison de France, laquelle a passé sans interruption de la premiere & seconde race, à la troisiéme par Robert dit le Saint; fils d'Hugues Capet.

C'est sur quoi la Pieté donnoit lieu à une reflexion avantageuse par ce Quatrain.

De tant de Saints Heros dont vous lisez les Noms,

Je réunis en vain les plus rares exemples,

J'aurois de quoi fournir à parer plusieurs Temples,

Mais ie n'ai rien de trop pour celui des BOURBONS.

LES VERTVS
ROYALES ET CHRETIENNES

Douze figures d'Or placées sur autant de Pilastres de l'Attique repré-sentoient les vertus Royales que la Pieté Solide des Rois de la Mai-son de Bourbon leur a fait pratiquer d'une maniere éclatante. Elles étoient accompagnées de leur Hyeroglifes, & posées sur des socles qui portoient une inscription composée du nom de la vertu que la figure representoit, & de celui de nos Anciens Rois dont elle a fait le caractere. Il est aisé de voir par l'Histoire du dernier siecle qu'elles se trouvent reünies dans Loüis le Grand & ses deux predecesseurs; C'est ce que ces deux vers faisoient connoître à Messeigneurs les Princes.

Virtutum chorus omnis adest qui facta Parentum,

Nunc celebret, referatque olim pia facta Nepotum.

I.

AVGVSTA CLODOVÆI I. RELIGIO.

L'Auguste zéle de Clovis pour la Religion.

Cette vertu paroissoit prés d'un Autel sur lequel elle plaçoit des Vasés précieux. *Novum aris addit honorem.*

Il adjoute aux Autels une Beauté nouvelle.

Loüis le Grand a rétabli la Religion dans son premier éclat, en continuant le dessein qu'en avoient déja formé Loüis XIII. & Henry IV.

II.

PIA DAGOBERTI MVNIFICENTIA

La Pieuse liberalité de Dagobert.

Ce Roi fit de grandes liberalitez aux pauvres & aux Autels; Témoin la célébre Abbaye de Saint Denis où sont les tombeaux de nos Roys &c. Les pensions que le Roi fait aux nouveaux Catholiques, les grandes Aumônes qu'il fit ces années passées, les Ornements dont il a enrichi la Cathedrale de Strasbourg &c. Sont des effets de sa liberalité inépuisable pour l'Eglise, & pour les pauvres. Cette vertu tenoit une Corne d'Abondance d'où sortoient des fleurs & des fruits avec ce mot, *Et pulchra & dulcia profert.*

Il ioint, dans ses bienfaits, l'utile à l'agreable

III.

PIA MAGNIFICENTIA CAROLI MAGNI.

La Magnificence de Charlemagne.

La Magnificence a paru dans les Eglises bâtie par Charlemagne; Mais les Invalides, la Maison de saint Cyr, le nouveau Retable de Nôtre-Dame de Paris, le Val de Grace, sans parler du Louvre, de Versailles, &c. séront des Monuments éternels de celle du Roi & de la Maison de Bourbon.

Aux pieds de cette figure paroissoit d'un côté le Thrône de Salomon entouré de Lyons, & de l'autre un grand Lys avec ces paroles du Sauveur sur la magnificence naturelle à cette Fleur. *Nec Salomon in omni gloria sua.*

Salomon sur son Thrône étoit moins magnifique.

IV.

AVGVSTA LVDOVICI PII MANSVETVDO.

La bonté Royale de Louis le Debonnaire.

Cette vertu fit le Caractere de Loüis le Debonnaire. On sçait qu'Elle le fait encore mieux de la Maison de Bourbon. C'est par Elle que Henry le Grand, & Loüis le Juste se sont déja faits aimer de leurs Peuples. La figure portoit sur le cœur un Soleil qui fait du bien à toute la Nature avec ces mots : *Nihil Majus, nihil melius,* à l'Exemple de ce bon Prince Loüis
XIII.

XIII. s'acquit par la Paix de Queramo le nom de Liberateur de l'Italie , il y a bien de l'apparance que le Roy ne le meritera pas moins.

Il n'eſt rien de plus grand , il n'eſt rien de meilleur.

V.

AVGVSTA ET FORTVNATA CAPETI PRVDENTIA

La Prudence d'Hugues Capet.

Hugues Capet vit reünir dans ſa perſonne le ſang de Clovis & de Pepin tant du côté paternel que de celui de ſa Mere ; ſa Pieté lui merita le nom de défenſeur de l'Egliſe , & ſa grande conduite celui de Reſtaurateur de l'Eſtat. La Royale Maiſon de Bourbon a hérité de ces deux beaux Titres , puiſque dans l'eſpace de trois Regnes , elle a purgé douze grandes Provinces de l'Hereſie , adjoûté à la Couronne de France le Royaume de Navarre avec cinq ou ſix Provinces , ſans parler de la Couronne d'Eſpagne dont elle vient d'heriter.

Le Hyeroglife étoit un Soleil qui éclaire l'Ancien & le Nouveau Monde: *Vtriuſque arbiter orbis.*

A deux mondes lui ſeul il fournit des lumieres.

VI.

PIA PHILIPPI AUGUSTI MAGNANIMITAS?

La Magnanimité Chrétienne de Philippe Auguſte.

Ce grand Roi ſe vit attaqué de toutes parts , & ſon grand Génie ſoûtenu d'une Pieté Heroïque le fit Triompher de tous les ennemis de ſa gloire. Il y a un ſiecle que les plus formidables Puiſſances de l'Europe ſont accoûtumées à étre bâtues par Henry le Grand, Louïs le Juſte , & Louïs le Grand.

Le Hyeroglife de cette vertu étoit une Aigle éploiée qui prend l'eſſort vers le Soleil & porte une branche de Laurier :

SIC FOVET INGENTES ANIMOS QVOS HAVSIT AB ORTV.

Son courage répond à ſa noble origine.

VII.

CHRISTIANA LUDOVICI OCTAVI FORTITUDO

La Force Chrétienne de Louis huitiéme.

Louïs VIII. digne Fils de Philippe Auguſte , digne Pere de ſaint Louïs fut ſurnommé le Lyon. A raiſon de la valeur Heroïque qu'il fit paroître en pluſieurs Saintes Guerres contre les Heretiques Albigeois, dont

K

il delivra Avignon. *Leonis cognomen fuit illi inditum* Dit Papyre Maſſon, *eo quod inſtar Leonis in impios aſſurgeret.*

Le Lyon dont l'Hiſtoire a fait le Hyeroglife de ce Prince, faiſoit auſſi celui de cette vertu, & tenoit d'une pate un glaive entrelaſſé de trois Lys, avec ce mot pris de la Dèviſe de Charles V. *Non fine cauſa.*

Toûiours avec iuſtice il uſe de ſa force.

Ce n'eſt qu'avec beaucoup de ſujet que les Rois de la Maiſon de Bourbon ont employé la force contre les ennemis de l'Eſtat & de l'Egliſe. Saint Loüis acheva la réunion des Albigeois que Louis VIII. ſon Pere, & Philippe Auguſte ſon Grand Pere avoient entrepris; Et le Roy a eu lemeſme bonheur à l'égard des Prétendus Reformez qui ſe diſoient deſcendus des Albigeois.

VIII.

AVGVSTA DIVI LVDOVICI JVSTITIA.

La Iuſtice de Saint Louis.

La Juſtice eſt l'une des vertus que ſaint Loüis à poſſedé d'une maniere plus Heroïque. Elle le rendit l'Arbitre de pluſieurs Princes de l'Europe. Vn Roi d'Angleterre lui confia ſes intereſts. Il fut le perſecuteur irréconciliable des Heretiques, & des impies. C'eſt la juſtice qui a élevé Henry le Grand ſur le Thrône. C'eſt elle qui a formé Loüis XIII. dont elle a fait le caractere, & qui éclata toûjours dans la conduite de Louis XIV. juſqu'à le porter à ſe condamner lui meſme dans des procez qu'il a eus avec des Particuliers. L'amour de cette vertu lui a fait prendre la protection du Roi Jacques, & déclarer Philippe V. cy-devant Duc d'Anjou capable de ſucceder en ſon rang, à la Couronne de France.

C'eſt là ſçavoir toûjours tenir dans l'équilibre, la balance qui faiſoit le Hyeroglife de cette vertu avec ce mot: *Cuique ſuum.*

D'une exacte Equité, on me prend pour Modele.

IX.

PIA CAROLI SEPTIMI CONSTANTIA.

La conſtance de Charles Septiéme.

Ce Roi fut ſurnommé le Victorieux & le bien ſervi. jamais on ne vit de Roys ni plus victorieux ni mieux ſervis que ceux de la Maiſon de Bourbon. Charles VII. durant ſa Minorité fut traverſé, mais il ſortit triomphant de tout, par ſon Heroique Conſtance qui fut l'effet de la Pieté. Avant que Dieu ſuſcitât en ſa faveur la Pucelle d'Orleans, une jeune fille nommée *Marie d'Avignon* avoit predit à ce pieux Monarque cet effet merveilleux de la protection du Ciel fur la France.

L'Oriflame femée de Fleurs de Lys fervoit de Hyeroglife à cette vertu avec ces mots : *Abfciffis fpes ultima rebus.*

De l'Eſtat chancelant favorable reſſource.

X.

AVGVSTA FRANCISCI PRIMI PROBITAS.

La Royale probité de François premier.

Ce grand Prince fut regardé par les fçavants comme le Pere & le Réſtaurateur des beaux Arts que l'on voit fous le regne de Loüis le Grand, fleurir plus que jamais. Il n'oublia rien pour arréter le cours de la mauvaiſe Doctrine qui fe gliſſoit dans la France. Jamais Roi ne fut plus fidele á fa parole. On pourroit dire qu'il étoit refervé à la Royale Maifon de Bourbon d'hériter des Titres glorieux de François, & de le vanger de fes malheurs par les avantages qu'elle a remportez depuis un Siecle; jufte recompenfe de la Pieté,& du zéle qu'elle a fait paroître pour étouffer la mauvaiſe Doctrine, & les Hérefies.

Vn Soleil qui regle une montre faifoit le Hyeroglife de cette vertu. *Non fallit, non errare finit.*

Ennemi de l'Erreur, il ne peut la fouffrir

XII.

PIVS AMOR POPVLORVM LVDOVICI XII.

L'amour de Louis XII. pour fon Peuple.

Loüis XII. fut l'amour de fes peuples dont il fut le veritable Pere. Le plus beau titre qu'il fe puiſſe donner à un bon Prince, c'eſt celuy de Pere de la Patrie. Nul autre ne flatta fi agreablement les Trajans, & les Auguftes, témoin ce mot d'Horace.

Hic ames dici Pater atque Princeps.

Quel Prince fut jamais plus aimé de fes fujets que Loüis le Grand qui fait les delices de la France avec Monfeigneur le Dauphin. Il ne faut que rapeller les vives allarmes que l'on a reſſenti lorfque la vie ou la fanté de l'un ou de l'autre a eſté en danger. Ils n'ont rien tant recommandé au nouueau Roy d'Efpagne que d'aimer fes peuples. A l'exemple de Paris, toutes les Villes du Royaume ont déja confacré à la gloire du Roi le beau nom de Pere de la Patrie que Louis XIII. & Henry le Grand avoient déja merité.

Vn Pelican qui n'épargne pas fa vie pour fes petits, & un Soleil qui les ranime faifoit le Hyeroglife de cette vertu. *Benefaciendo & Sanando.*

Pour faire leur bonheur je n'épargne aucun foin.

XII.

CLEMENTIA BORBONIA.

La Clemence des Bourbons.

On auroit pû faire de cette vertu le caractere de Charles VIII. furnommé l'Affable, mais comme elle ne fut jamais plus conftamment héréditaire à aucune des branches Royales qu'à celle qui regne aujourd'huy, on n'a pas crû pouvoir la mieux diftinguer que par *le nom Bourbon.*

Cet heureux rapport des vertus étoit accompagné d'une invitation que la Pieté leur faifoit de fe réunir en faveur de Meffeigneurs les Princes. Cela mefme fournifloit le fujet du concert de ce Temple.

LA PIETE' CHRESTIENNE AVX AVTRES VERTVS.

Qu'attendeZ - vous troupe immortelle,

De louer ces Jeunes Cefars,

Ces dignes nourriffons de Mars;

Qui pour la belle Gloire ont déia tant de zele.

LES VERTVS.

C'eft pour mieux partager, Augufte Pieté,

Avec vous, une ardeur fi belle,

Qu'ici de leurs ayeux l'illuftre Parallele,

Leur montre le chemin de l'immortalité.

LA PIETE'

Et les autres vertus formant un Chœur.

Célebrons donc toutes enfemble,

La gloire des neveux, la gloire des ayeux,

Difons que chacun d'eux r'affemble,

Des plus nobles vertus, l'abregé précieux.

* Elle

LE DOME DU TEMPLE DE LA PIETÉ

CE pompeux Edifice étoit couvert d'une Imperiale fur laquelle on voyoit de Grandes Confoles couchées qui joignoient les Piédeftaux de l'Attique. Ces Confoles portoient autant de Vafes d'Or entre lefquels étoit élevé un Dome magnifique, & proportionné à la grandeur du Temple. Ce Dome étoit terminé par une figure qui repréfentoit la Pieté de la Maifon Royale de France : elle tenoit d'une main le Portrait de Saint Loüis qu'elle élevoit au Ciel avec ces mots. *Eautrivi & exaltavi*. Autour du Portrait on avoit mis ceux-cy : *Auguftæ Pietatis Prototypo*. On devoit peindre autour de ce Dome les plus belles actions de ce Heros Chrétien, c'eft à dire celles qu'il fit pour rétablir la gloire des lieux Saints, pour la converfion de fes fujets, & la deftruction de l'Herefie &c. L'infcription fuivante devoit regner en lettre d'Or fur le cordon du Dome.

In diebus fuis corroboravit Templum, curavit gentem fuam, & liberavit eam à perdicione. Quafi fol refulgens, fic ille refulfit in Templo Dei, & quafi Lilia quæ funt in tranfitu aquæ.

C'eft l'éloge que l'Ecriture fait de Simon fils d'Onias, difant qu'il fut par fa Pieté Heroïque l'apuy de la Maifon de Dieu, qu'il y brilla comme le Soleil le fait parmy les Aftres, & comme le Lys parmi les Fleurs, Voila qui femble avoir été fait pour Loüis le Grand dont le Soleil eft le fymbole, & dont la pieté fait fleurir la Religion, tandis que le Ciel rend auffi la France tous les jours plus floriffante. Les Lys font le fymbole des vertus, dit Saint Bernard, *Quot virtutes, Tot Lilia.*

Cette méme vertu avoit à fes pieds pour Hyeroglife un Oifeau de Paradis qui portoit fur fon dos trois de fes petits comme on le depeint en attitude de prendre l'effor avec ces mots. *Meos ad fydera tollo.* C'étoit la Devife de Marie de Medicis dont les foins ont formé Loüis XIII. à la Pieté la plus folide, jufqu'à en faire l'un des plus parfaits imitateurs des vertus de Saint Loüis. Cette figure s'apuyoit de l'autre main fur un Palais furmonté d'une double Couronne : ce Palais repréfentoit *l'Augufte Maifon de Bourbon* dont cette vertu paroiffoit affeurer la durée & la puiffance, par cet Oracle.

L

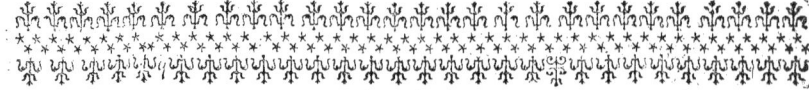

ORACLE DE LA PIETÉ
SVR
LA ROYALE MAISON DE FRANCE.

Imperet in Geminum, fine fine volubilis, orbem,

Annorum Curfu non peritura Domus;

Huic ego nec metas rerum, nec tempora pono,

Meta eadem Augufta gentis, & Orbis erit.

Aint Remy que l'on peut appeller le Pere de l'Eglife Gallicane, & le Prophete de la Royale Maifon de Clovis, aplique à la Monarchie Françoife, la promeffe que Dieu fit à Salomon fur la durée de fon Thrône. *Non auferetur vir de genere tuo & de folio Ifrael &c.* C'eft dans fon Teftament raporté par le célébre Hincmar Archevéque de Reims, que ce S. dit. *Non auferetur vir de genere Franco & de folio Francorum, Thronus regni eius fuper Francos in fempiternum* Il femble que le Ciel ait voulu renouveller à Loüis le Grand l'efperance de cet avantage par la nombreufe pofterité dont il luy fait voir fon Thrône affermi dans la Perfonne de Meffeigneurs les Princes.

I. 3.Reg.

V. Annal. de Claude Villette.

SECOND MONUMENT DE GLOIRE

CONSACRE'

A L'AVGVSTE PIETE'

DE LA ROYALE MAISON

DE BOURBON

L'OBELISQVE.

AV milieu de la ruë par où se fit l'entrée de Messeigneurs les princes. On voit un ancien Monument de la Pieté du Cardinal de Foix Légat d'Avignon, l'un des plus Ilustres Ancétres d'Henry le Grand. C'est ce qu'on appelle vulgairement la *Belle Croix*, parce qu'il y en a une cizelée à l'antique, & faite en forme de Trépied : Elle est Couverte d'un Ouvrage d'Architecture à quatre arcades qui sont soûtenuës par des Pilastres Angulaires avec leurs arriere-corps, & entablements : Cet endroit parût propre à former un nouveau Monument de Gloire pour Messeigneurs les Princes, & dans cette vûë on éleva sur les Arcades dont nous venons de parler un Obelisque avec son Piédestal posé sur un socle convenable à la hauteur de quarante cinq pieds qu'il y avoit depuis le bas des Pilaſtres juſqu'à un Soleil qui terminoit l'Obeliſque.

L'Antiquité n'a pas eu de plus illuſtres Monuments que les Obeliſques & les Piramides pour rendre éternelle, & venérable la Mémoire des plus Grands Hommes. Les Egyptiens, les Grecs, & les Romains les ont employez, témoin le fameux Obeliſque qui fut trouvé á Rome ſous le Pape Alexandre VII. chargé de Hyeroglifes Egiptiens dont le Pere Kirker donna une ſavante explication. Témoin encore celui qui fut trouvé à Arles il y a quelques années, & que cette Ville conſacra à la gloire du Roi. L'Obeliſque eſt encore un Monument de Pieté conſacré par l'Ecriture qui nous aprend que Simon Machabée fit élever des Pyramides à la Memoire de ſon Pere l'Illuſtre Marathias, & de ſes Freres, *Statuit Pyramidas Patri, & Fratribus.* Elle adjoute qu'il mit auſſi leurs armes ſur des Colomnes pour ſervir de Monument éternel à leur gloire; *Et ſuper Columnas arma ad memoriam æternam.* C'eſt à l'imitation de ce Grand homme, que pour honorer les Neveux dans la perſonne de leurs Ancétres, On a conſacré cet Obeliſque aux Cardinaux Princes du Sang de la Maiſon de Bourbon qui ont été Légats d'Avignon, & à Meſſeigneurs les Princes Enfans de France.

Eminentiſſim. E Borbonia Gente S. R. E. Principibus, Legatis Avenionenſibus, & Auguſtis Eorum Nepotibus, Sereniſſimi Galliarum Delphini Filijs.

DECORATION DE L'OBELISQVE.

Les Portraits de quatre Cardinaux Légats d'Avignon Parens de Meſſeigneurs les Princes, étoient expoſez en Medailles d'Or autour de l'entablement des Arcades.

I.

Sur la Clef de la premiere face on avoit repréſenté le Cardinal Pierre de Foix qui fut Oncle Paternel de François Phæbus Roi de Navarre Triſayeul d'Henry le Grand.

Petrus de Fuxo Cardinalis, Henrici Magni conſanguineus, Avenionenſis Legatus, Patriæ Pater, & Eccleſiæ lumen, Crucem hanc veluti ſacrum Trophæum ſchiſmatis à ſe extincti, erexit

Ce fut lui qui, plus que tout autre, avança l'abolition du Grand Schiſme par ſes ſages négotiations en Eſpagne où il fut envoyé comme Légat du Saint Siege, & au nom du Concile de Conſtance.

II

Il gouverna Avignon durant trente quatre ans ; fa memoire y fubfifte par plufieurs illuftres Monuments de Pieté. Il fit rétablir la Plateforme de Nôtre-Dame des Doms avec le grand efcalier qui y conduit. Il fonda une magnifique Chapelle aux PP. Celeftins. Il fit bâtir le frontifpice de l'Eglife des PP. Cordeliers, où il eft enterré devant le Grand Autel. Ce Grand homme étoit de leur Ordre.

I I.

Au milieu de la feconde Arcade étoit le Portrait du Cardinal Charles de Bourbon Fils de Charles de Bourbon Duc de Vendome Ayeul d'Henry IV. Il fut Archevéque de Lyon, & Parrain du Roi Charles VIII.

Carolus Borbonius Cardinalis S. R. E. Legatus Avenionenfis, Archiepiscopus Lugdunenfis.

I II.

La Medaille d'un autre Cardinal Charles de Bourbon Archevefque de Roüen, & Legat d'Avignon occupoit le milieu de la troifiéme Arcade. C'eft lui qui conferva la pureté de la Religion dans cette Province, contre les Artifices des Calviniftes fous le Regne de Charles IX. & de Henry III..

Carolus Borbonius Junior Henrici IV. Patruelis S. R. E. Card. Archiep. Rhotomagenfis, Avenionenfibus fuprà modum charus.

IV.

Le Cardinal George d'Armagnac Oncle maternel d'Henry le Grand fut donné à Charles de Bourbon pour Collegat d'Avignon dont il fut Archévefque. Sa memoire y eft en Benediction. Il fut le Pere du Peuple, le grand amateur des Pauvres, l'infigne protecteur des Ordres Religieux. C'eft lui qui a fondé le Monaftére des PP. Minimes, embelli celui des PP. Celeftins de Gentilly, & doté la Maifon des Filles pénitentes. Il établit auffi le Tribunal de la Rote. Son portrait répondoit au milieu de la quatriéme Face de cet Edifice.

Georgius Armaniacus Cardinalis, Henrici IV. Avunculus, Caroli Borbonii in Legatione, Avenionenfi Collega Eximius.

Vn Cordon de feftons formé de fleurs regnoit au tour de l'Entablement des quatre Faces avec un Diftique qui exprimoit le raport que l'alliance, & la pieté ont établi entre ces Grands Hommes, & Meffeigneurs les Princes.

Hos vobis proceres fanguis pietasque jugarunt,

Incertum an fanguis clarior ? an Pietas ?

M

Le devant des quatre Pilaſtres Angulaires qui termînoient les Arcades, étoit orné des Armoiries de Monſeigneur le Dauphin, du nouveau Roi d'Eſpagne, de Monſeigneur le Duc de Bourgogne, de Monſeigneur le Duc de Berry. *& ſuper Columnas arma ad memoriam æternam.*

l. 1. Machab.

Les Angles de la Plate Forme au deſſus de laquelle l'Obeliſque fut élevé, étoient terminés par autant de Vaſes d'Or ſur leſquels on voyoit exprimez ſous differents Symboles, les avantages que la Maiſon Royale poſſede dans Meſſeigneurs les Princes.

Sur l'un on voyoit une Princeſſe tenant en main une Fleur de Lys comme on en voit dans les Medailles de l'Empereur Claude, de Trajan, & dans Goltzius avec ce mot.

SPES PVBLICA.

L'Eſperance publique.

Lilium album ſpei publicæ olim apud Romanos erat ſymbolum propter egregiam qua ſuper reliquos Flores attollitur celſitudinem.   *Soto Maj. in Cant.*

Sur un autre on avoit gravé l'Ancien Ecu des armes de France, tel qu'on aſſûre qu'il fut apporté du Ciel à Clovis, chargé de Fleurs de Lys.

NOBILITAS IMPERII.

La Nobleſſe de l'Empire François.

Sur le troiſiéme on voyoit un Caducée tenu par une Foy ou deux mains qui ſe joignent, entrelaſſé de Lys, & d'épis de blé, comme il ſe trouve dans des Medailles de Saint Loüis.

FÆLICITAS TEMPORUM.

La Felicité des Temps.

Le quatriéme repréſentoit un regard de Druſus, & de Germanicus Princes ſur qui ſe repoſoit l'eſperance publique de l'Empire Romain; comme celle de la France le fait ſur Meſſeigneurs les Princes.

PRINCIPES JUVENTVTIS.

Les Princes de la Jeuneſſe.

Pour rendre ce Monument plus digne de l'Ancienne Rome, on l'avoit accompagné de quatre inſcriptions dont la premiere qui regardoit de front la ruë par où venoient Meſſeigneurs les Princes, exprimoit la conſecration méme de l'Obeliſque, avec les principales Epoques du temps de cette heureuſe arrivée, dont la ville d'Avignon conſervera éternellement le ſouvenir.

PREMIERE FACE DE L'OBELISQUE.

ADVENTVI
AVGVSTORVM FÆLICISSIMO
OBELISCVM.

D. C. S. P. Q. A.

OCTAVI SUPRA DECIMUM SÆCULI,

A REPARATA SALUTE, ANNO PRIMO.

CLEMENTIS XI. PONT. OPT. MAX. PRIMO.

REGNI FORTUNATISSIMI LUDOVICI MAGNI LVIII.

PHILIPPI V. HISPANIARUM REGIS, PRIMO,

AB ULTIMO BORBONII SANGUINIS LEGATO AVENIONENSI,

AN. CENTESIMO DECIMO SEXTO.

VICES LEGATI GERENTE EXCELLENTISS. PRINCIPE,

ANTONIO FRANCISCO SANVITALI PARMENSI,

COSS. ILLUSTRISS. ET MAGNIFF. D.D.

D. GASPAR. FRANC. DE SADE EQUITE,

MAZANII CASTRIMARCHIONE, SUMMANÆ TOPARCHA,

EQUITUM COMITATUS VENAISSINI PRÆFECTO,

CIVITATIS VASIONENSIS GUBERNATORE,

REGIO EX ASSIDUIS, CUBICULARIO,

D. JOAN. BAPT. BARBIER, ITERUM,

D. PETRO GOLLIER.

PERILLUSTI. D. CRISPINO BAYOL EXJUDICE,

ET TERT. ASSESSORE.

On dit dans cette inscription que ce fut pour l'heureuse arrivée des deux Augustes Freres Enfans de France que le Senat, & le Peuple d'Avignon erigea cet Obelisque, la premiere Année du XVIII. Siecle de l'Ere Chrétienne, & la premiere du Pontificat de Clement XI. La cinquante huitiéme du Trés-Heureux Regne de Louis le Grand. La premiere de celui de Philippe V. Roi d'Espa-

gne. On y aioûte que ce fut fous le Couvernement de *Monfeigneur l'Abbé Sanvitali Vice-Legat* ; durant le Confulat de *Monfieur le Marquis de Sade Mazan* , & de *Monfieur Barbier* Conful pour la feconde fois , de M. P. Gollier , & de *Monfieur Bayol Affeffeur* pour la troifieme fois.

Le Bas Relief du Côté du Piédeftal qui répondoit à cette Face contenoit une Embleme fur l'arrivée de Meffeigneurs les Princes, & fur le temps de leur entrée. Caftor & Pollux font une conftellation de bonne augure, ce font deux Freres & deux Princes que les Poëtes ont placez parmi les Aftres, où ils font le figne des Gemaux. Au commencement du Printemps Ils paroiffent fur l'Horifon d'Avignon un peu aprés midy. Ce fut juftement à cette heure-là , que les Princes parurent à la vûë de cette Ville le vingt-troiéme de Mars.

Les vers fuivants expriment la joye publique fur cette heureufe arrivée.

Ridet humus , Ridet Zephiris fpirantibus , æther ,

Dum geminos fratres Floridus annus agit ,

Exultare novo adventu fic vidimus Urbem ,

It tota in plaufus Altera Roma novos.

Cette Embleme étoit accompagnée de Devifes fur le voyage de Meffeigneurs les Princes.

I.

La premiere avoit pour corps les petits Planetes qui fuivent le cours de Jupiter avec ces mots de Virgile. Æneid. l. 9.

OBSERVATA LEGVNT VESTIGIA.

Le Roi fit l'an 1660. le voyage des Pirénées , du Languedoc , & de Provence ; Ainfi l'on peut dire que Meffeigneurs les Princes marchent fur fes traces , mais ils le font encore mieux par raport à fes vertus Royales.

Obfervata legunt Simili veftigia curfu ,

Seque fui, radiis fignat uterque Jovis.

II.

La feconde avoit pour corps les deux Aftres de Bourbon qui furent decouverts il y a quelques années par Monfieur Caffini : Ces Aftres parcourent fucceffivement les differentes Regions du Zodiaque ; C'eft ainfi que Meffeigneurs les Princes honorerent de leur prefence les plus belles provinces du Royaume.

Luftrando illuftrant.

SECONDE

SECONDE FACE DE L'OBELISQUE

La seconde Inscription portoit les Ordres de Nôtre Saint Pere le Pape exposez par Monseigneur le Vice - Legat aux Habitants d'Avignon pour cette Auguste Reception.

EDICTVM PRINCIPIS.

ANTONIVS FRANCISCVS SANVITALI
PROLEGATVS AVENIONENSIS.

VIRTUTI SUUS EST HONOR, MAXIME PIETATI : SUUM ITEM
MAJESTATI OBSEQUIUM, ET VIDERE PRINCIPES
INSTAR MUNERIS EST.

LUDOVICO BURGUNDIÆ DUCE ISTUC AD NOS APPELLENTE
CUM CAROLO DUCE BITURICENSIUM, NE QUID GAUDIIS
PUBLICIS ALIQUAM AFFERAT HÆSITATIONEM, ID QUIS-
QUE RESCIAT : FORE AD MENTEM PONTIF. OPT. MAX. D. N.
CLEMENTIS XI. ET NOSTRAM, QUÆCUMQUE MAGNIFICA FUE-
RINT IN SOLEMNI AUGUSTORUM INGRESSU ; NEU SECUS
IN HAC CIVITATE QUA M IN URBE REGIA, EXCIPIENDOS,
NEU ALIOS HONORES QUAM QUI OLIM ROMÆ, CÆSARIBUS,
DECERNI OPORTERE. IPSE POSTMODUM AUDIAM SINGULA,
IPSE AGNOSCAM, ET QUIDQUID AUGUSTIS ERIT, MIHI
FACTUM PUTABO.

PROPONATUR AVENIONENSIB. CIVIBUS. KAL. MART. ANN. M DCCI.

Dans cette Inscription on fait sçavoir à la Ville les intentions
du Pape touchant la Reception de Messeigneurs les Princes. On y dit qu'il
est des honneurs qu'il est juste de rendre à la vertu, sur tout à la Pieté qui n'est
jamais plus respectable que quand elle est jointe à la Majesté des Grands.
Que c'est une espece de faveur qu'ils font aux peuples quand ils les viennent visiter, & que pour répondre à celui qu'on devoit bientôt recevoir par l'arrivée de Monseigneur le Duc de Bourgogne, & de Monseigneur
le Duc de Berry ; Nôtre Saint Pere Clement XI. prétendoit qu'on
n'oubliat rien de tout ce qui pouvoit rendre leur entrée Auguste. Aprez
quoy Monseigneur le Vicelegat y témoigne le desir qu'il a de voir que

N

toutes chofes confpirent à ce deffein , & la fatisfaction qu'il attend la deffus.

Ce côté dupiédeftal étoit orné d'une EMBLEME confacrée à l'honneur
de MONfeigneur le Duc de Bourgogne. Elle eft tirée de l'Eneide , où
Virgile faifant le portrait du Prince Latinus petit Fils du Soleil , le depeint
Couronné de Rayons , & l'appelle une Ebauche éclatante de fon Ayeul.

SOLIS AVI SPECIMEN.

Le raport de ce Prince avec les grandes qualitez du Roi étoit expliqué
par les vers fuivants.

Aurati qui iam radii tibi tempora cingunt ,

Solis Avi faciunt fpem,fpecimenque tui;

Perge utinam ! ut totum fimili dum luce corufcas ,

Plena corona tuum lumine reddat Avum.

Les deux Devifes fuivantes regardent auffi Monfeigneur le Duc de
Bourgogne. Dans la premiere, pour exprimer le fuccez avec lequel il a fait
fes Exercices militaires , on avoit dépeint un jeune Roi d'Abeilles à la téte
d'un Effain volant avec ce mot.

JAMQVE AGMINA DVCIT.

La feconde repréfentoit un fleuve qui paroit toûjours plus grand à me-
fure qu'il continuë fa courfe. On fçait que Monfeigneur le Duc de Bourgogne fe fait tous les jours admirer davantage.

SEIPSO SEMPER MAJOR.

Toûiours le méme dans mon Cours,

Je ne change que de demeure ,

Cependant J'avance toûiours ,

Et parois plus grand à toute heure.

TROISIEME FACE DE L'OBELISQVE.

*La troisiéme Face étoit occupée par la Loy Triomphale, & la Qua-
triéme par la deliberation du Conseil de Ville Que l'on a crû
pouvoir designer sous le nom de Senat. Il est composé d'un nombre choisi de personnes du Clergé, de la Noblesse, & de l'Uni-
versité.*

LEX TRIVMPHALIS

COSS. JURE ROGARUNT POPULUSQUE JURE SCIVIT.
TRIUMPHALEM POMPAM LUDOVICO BURGUND. ET CAROLO
BITURICENSIUM DUCIBUS ADORNARI.
QUOS SENATUS DESIGNAVIT APPARATUM SOLEMNEM
CURANTO. NEGOTIUM URGENTO. PRINCIPIS UTRIUSQUE
BENEVOLENTIAM EGREGIO, QVOAD EJUS FIERI POTERIT,
APPARATV, CIVIBUS PROMERENTO. VIAM TRIVMPHALEM
STERNUNTO DE NOVO. DEXTRA, LÆVAQUE TAPETIBUS VESTIUNTO.
POMPA PER VIAM CURULEM A D. LAZARI PORTA AD TROPHÆUM,
ET THEATRUM PER ARCUS TRIUMPHALES, INDEQUE AD MAGNÆ
MATRIS ÆDES, DUCITOR. ET NE QUISQUAM DE HAC LEGE ADDU-
BITTASSIT, LITERATO SILICE FACTI MEMORIAM CONSECRANTO,
UT IN CIVIUM ANIMIS AUGUSTI PRINCIPES ÆTERNUM TRIUMPHENT.
POSTRIDIE KALEND. MART. IN DOMO CIVILI.

La Loy triomphale contient les Ordres que Messieurs les Consuls ont
donné pour l'Appareil de cette Reception. Elle prescrit la Route qu'on y
devoit tenir depuis la porte de Saint Lazare jusqu'au Palais qui joint l'E-
glise Metropolitaine, l'ordre de parer les ruës, & d'executer avec empressement les reglemens que Messieurs les Deputez auroient à faire pour cela. &c.

Ce côté du Piédestal étoit orné d'une Embleme qui faisoit allusion à l'admirable alliance de la France avec l'Espagne.

Le Lyon est le symbole de l'Espagne, comme le Coq est celui de la France. Les Naturalistes asseurent que le chant du Coq effraye le Lyon. C'est sur
quoi on à fondé jusqu'ici plusieurs allusions pour exprimer les sujets qu'a-
voit l'Espagne de redouter la France. A present ces craintes sont dissipées,
& en continuant l'Allegorie, on peut dire que le Lyon est en seureté auprés

du Coq. D'ailleurs le Coq étant le symbole de la vigilance, il peut désigner les soins que la France prend pour les interests de l'Espagne.

ILLI JAM VIGILAT, QVEM TERRVIT.

C'est ce qui est encore mieux expliqué dans les vers suivants.

Alter ab integro rerum iam nascitur ordo ,

Mutant fata vices , & meliora ferunt ,

Illi nunc vigilat Gallus Quem terruit olim ,

Gallo qui rugiit , nunc Leo blandus erit.

Les deux Devises de la troisiéme Face étoient à l'honneur du nouveau Roy d'Espagne Philippe V. cy-devant Duc d'Anjou. L'une avoit pour corps le Soleil, & ce mot en faisoit l'ame.

PVLCHRIOR? AN MELIOR?

Ceux qui ont eu l'honneur d'approcher de sa Majesté Catholique savent que l'on ne sçait ce qu'on doit admirer le plus en lui de sa bonne grace, ou de sa bonté. Les Grands & les peuples d'Espagne sont charmez de ses manieres affables ; & l'on peut dire de luy ce que Pline disoit de Trajan, *Hoc cæteris major , Quod melior.*

La seconde Devise faisoit voir un Jeune Aigle qui sous la conduite de son pere enleve une Toison d'agneau dans ses serres avec ces mots.

SE PROBAT HÆREDEM.

Tel est le symbole de la Monarchie d'Espagne qui à du raport avec l'Aigle par la Maison d'Austriche, & avec l'Ordre de la Toison d'Or, dont les Rois d'Espagne sont les grands Maistres. C'est aux droits de la feuë Reine Marie Therese d'Austriche que succede Philippe de France : ce fut un Philippe Duc de Bourgogne qui institua l'Ordre de la Toison, & c'est Monseigneur le Duc de Bourgogne qui lui cede ses droits sur cette Couronne.

QVATRIEME FACE DE L'OBELISQUE.

SENATVS CONSVLTVM.

QUONIAM LUDOVICUS MAGNUS PRÆTER INNUMERA PRÆCLARE GESTA, RELIGIONEM FOVIT, ET NOSTRAM CIVITATEM AMORE SUO, SUIQUE REGNI JURE DONAVIT, VISUM EST CHRISTIANISSIMI REGIS, OPTIMIQUE PRINCIPIS NEPOTIBUS TRIUMPHALEM APARATUM DECERNI OPORTERE, FESTIVOS ARCUS, ET CORONAS DEDICARI, SPECTATUCULA DARI, AC LUDOS, CÆTERAQUE OMNIA RITE ADORNARI. IN EAMQUE REM DESIGNATI FUERE QUI PUBLICO NEGOTIO PRÆSINT EX NOBILIUM ORDINE DUUM-VIRI QUÆSTORES, JIQUE ILLUSTRISSIMI D. LUD. BALTHAZ. DE JARENTE DE CABANES, ET D. CAROL. FRANCISC. DE GALEANS DE CASTELET UTIQUE PRIMARIÆ NOTÆ VIRI, JAMQUE DE REPUBLICA OPTIME MERITI: ITEM ASSIGNATI E SECUNDO ORDINE CURATORES OPERUM AC ÆDILES EXIMII D. NICOL. CANONGE, ET D. CLAUD. JOS. LAFFANOUX. DENIQUE EGREGII DUUM-VIRI UTILES E TERTIA CLASSE D. JOAN. COLOMBET, ET D. NICOL. CHAMPINOT &c. ITA FIXUM RATUM IN DOMO CIVILI POSTRID. KAL. MART. ANN. M. DCCI.

On dit dans cette deliberation des trois Ordres de la Ville que le Roi ayant fait de si grandes choses pour l'Eglise, & regardant comme Regnicoles, les Avignonois qu'il a toûjours honoré de sa Royale bienvueillance, il est juste de rendre à ses Augustes Petits Fils tous les honneurs possibles. Ensuite on y designe six Deputez que l'on y nomme selon leur rang, & à qui l'on donne l'intendance des Préparatifs ordonnez pour cette Reception, &c.

C'est à quoi nous avons déja dit que ces Messieurs se sont employez avec tout le succez possible.

La Noble disposition que Monseigneur le Duc de Berry fait paroître pour la guerre, & pour tous les Talants des Heros, fait le sujet des deux dernieres Devises.

Un jeune Aigle qui s'élance vers les nuës lorsque le Soleil commence à élever des nuages d'où la foudre doit partir, avec ce mot.

SPE JAM FVLMINIS ARDET.

Une autre Aigle encore jeune avec ce mot.

MAGNORVM HAVD INDIGNVS AVORVM.

Ces Devises étoient dans des Cartouches formez de Laurier, & entou-
rez de feüilles d'Or. Les deux Cordons de l'Entablement des Arcades,
les Angles des Pilaſtres, ceux de l'Obeliſque, & de ſon Piédeſtal avoient
un pareil Ornement, pluſieurs Feſtons de Fleurs qui regnoient autour des
Arcades faiſoient la liaiſon de ces Cartouches avec ceux qui portoient les
Medailles, & les Armoiries.

ORACLES DE LA BELLE CROIX
POVR MESSEIGNEVRS
Les Princes.

C'Eſt la Croix qui doit faire l'Oracle des Roys Trés-Chrétiens. C'eſt
à elle auſſi que les Peuples adreſſent leurs vœux pour les heureux
ſuccez qu'ils ſouhaitent. On a ſujet d'eſperer qu'elle ſera favorable aux
Neveux d'un Saint qui eut le bonheur de retirer la veritable Croix des
mains des Infideles, & d'aſſeurer pour toûjours à l'Egliſe ce ſacré gage
de ſalut. C'eſt cet Oracle qu'on faiſoit parler dans cette occaſion ſur les
trois Faces qui répondent à la belle Croix de Bourbon faite en forme
de Trépied qui étoit celle des Anciens Oracles. Sur la premiere on voyoit la
figure de la veritable Croix delivrée par Saint Loüis avec ces Quatrains.

A MONSEIGNEVR LE DVC DE BOVRGOGNE.

Prince, dont j'ai reglé les deſtins Eclatans,

Jamais des Fleurs de Lys la Triomphante Hiſtoire,

Ne vit de plus beaux iours, ny de plus heureux temps,

Que ceux dont vous devez conſacrer la memoire.

Craint de vos ennemis, aimé de vos ſuiets,

Vous aurez les vertus de voſtre Auguſte Pere,

Vous aurez pour apuy le bras de voſtre Frere,

Prince, c'en eſt aſſez pour les plus grands proiets.

Sur la seconde Face du Piédestal on devoit depeindre le fameux *Labarum* du Grand Constantin avec la figure de cette Croix qui fut le présage certain de ses victoires, avec ces mots.

IN HOC SIGNO · VINCES.

Le Grand Clovis qu'on peut appeller le Constantin de la France, à fait sçavoir à tout le Monde (dit le Cardinal Baronius) ce que peuvent les armes des François, quand elles combattent pour la Religion, & qu'elles sont precedées de l'Etendart de la Croix. *Clodovæus Rex docuit primus quid possint Francorum arma quæ Sanctæ Crucis vexilla præcedunt.*

CAROLO BITVRICENSIVM DVCI
E SACRA TRIPODE AVENIONENSI VATICINIVM.

Semper in hoc signo vinces, superosque faventes,

Carole, Consiliis experiere tuis.

E Sacra tripode, Augustis, Oracula manant;

Hanc proavi Pietas in tua fata dedit.

Quid de te voveat, quid speret Gallia, dicam;

Spem magnam, ut possis, vincere vota nequis.

Sur le côté destiné à la gloire de Philippe V. Roi d'Espagne, on devoit représenter une Croix de Jerusalem, dont les Ducs d'Anjou ont porté le Titre, avec une autre de Caravaca qu'il a dans ses Estats comme Roy d'Espagne.

PHILIPPO V.
IIACTENVS ANDEGAVENSIVM DVCI,
NVNC HISPANIARVM ET HIEROLYMORVM REGI;
SACRÆ CRUCIS ORACULUM,

Carmine quamquam absens, Princeps, celebrabere nostro,

Quem Regem Hispanus, quem novus Orbis habet.

Paccatum ecce reges Patriis virtutibus orbem,

Dum Gallo affinis Fortis Iberus erit,

Quæ dederam Regis nomen, nunc defero fceptrum,

Nil potui maius, nil tibi velle minus.

Dans l'Explication que le Pere Kirker donne de la Figure des Croix que l'on voit fur l'Obelifque d'Alexandre VII. Il raporte les témoignages de trois Autheurs Ecclefiaftiques qui prouvent que la Croix fignifioit parmi les Hyeroglifes des Anciens, une longue vie, la vie future, ou mefme un préfage de bonheur éternel, & que les Egiptiens avoient aparemment apris cela des Hebreux parmy lefquels le celebre TAU étoit la figure de la Croix. Ce fut l'explication que les nouveaux Chrétiens donnerent aux Croix qu'on trouva dans le Temple de Serapis que Theodofe le Grand fit demolir.

Aprés avoir raporté là deffus le fentiment de Ruffin, de Sozomene, & de Socrate, le Pere Kirker adjoûte que la Croix fignifioit cet efprit Dominant du fouverain Maître qui préfide avec tant d'ordre & de droiture au Gouvernement de l'Univers dont les quatre parties font defignées par les quatre côtez de la Croix. Il eft a fouhâitter que la France portant, fous le Regne des Bourbons, fes Conquétes plus loin que jamais, établiffe & faffe fleurir l'Empire de la Croix parmy toutes les Nations de la Terre. C'eft le fouhait que ce Diftique exprimoit à Meffeigneurs les Princes.

Ut velut in toto Regnat Crux unica mundo,

Unica fic per vos Regnet in orbe Fides.

On fçait dans le monde que les Mahometants craignent que leur Empire ne foit un jour détruit par les armes de la France, comme le raporte Florimond de Raimond. C'eft cet heureux Prefage que le Pape Vrbain VIII. a inferé dans fon Ode à Loüis XIII.

En aurea ut Bizantijs latè lilia turribus,

Fulgurant! veram tueorne formam?

An vana mentem imago ludit credulam?

At non inanis corda certè fpes incertos fatigat:

Vates quippe facri Turcica Regibus,

Spondent Sceptra C A P E T I D I S,

Ipfisque carmen Barbaris Avitum.

J'ai crû pouvoir tranfcrire ici un endroit des Annales de l'Eglife compofées par un Chanoine de l'Eglife de Saint Marcel, parce qu'il femble fait pour les conjonctures préfentes. Voicy ce que dit cet Autheur.

" Guido

Guido Fabry Interprete des Langues Saintes, dans la Préface de «
son nouveau Teſtament dedié au Roi de France, & de Pologne Hen- «
ry III. raporte cet endroit du Prophete Abdias avec l'explication qui «
ſuit.

Tranſmigatio exercitus filiorum Iſrael qui ſunt Cananæi uſque «
ad Zarphath (id eſt Galliam) & Tranſmigatio Jeruſalem quæ «
eſt in Sepharad, (id eſt Hiſpaniam) hæredii abunt civitates «
Auſtri, & aſcendent ſalvatores in montem Sion ad iudicandum «
montem Eſau, & erit Domino Regnum.

La paraphraſe Caldaïque de Rabby Jonatham ſur ce Texte, dit que les «
Rois de France, & d'Eſpagne unis enſemble ſe rendront Maîtres des «
Villes du Midy, (c'eſt à dire de l'Egipte, & du Grand Caire) & mon- «
teront pour étre Salvateurs du Mont-Sion (c'eſt Jeruſalem) pour ju- «
ger la grande Forterreſſe d'Eſaü, (c'eſt le Turc.) Dieu veüille (adjoute «
l'Autheur des Annales, que toutes ces ſalutaires Propheties s'accompliſ- «
ſent par la Main Puiſſante, & invincible de nôtre Roy Trés-Chrétien «
aſſiſté de la Catholique Eſpagne.

Ce que diſoit Guido Fabry il y a plus de cent ans, ſemble devenu
plus faiſable que jamais, par l'heureuſe union de ces deux Couronnes, qui
pourront fournir à la Religion de nouveaux Heros dont la valeur, & la Pieté égalent celle des premiers Macabées en faveur de qui les Anciens In-
terpretes ont expliqué cet endroit du Prophete.

La conſecration de l'Obeliſque avec tous les Ornements que nous venons de décrire, fermoit l'Apareil de ce Monument de gloire & de Pieté.

***

AVGVSTIS FRATRIBVS

LVDOVICO ET CAROLO

SERENISSIMI GALLIARVM DELPHINI FILIIS

OBELISCVM

D. C.

PIA JVXTA ET CHARA AVENIO.

***

Hoc vobis aſſurgit opus ; natisque legenda

Altius excepit nomina veſtra ſilex,

His Lodoice tuum & Fratris victoria nomen,

Læta parat ſacris ſcribere marmoribus,

P

Gloria vos Patriis iam provocat æmula gestis,

Provocat en teneras ad pia bella manus,

Quando erit ut scribam victores ? quando iuvabit,

Inter Borbonios nomen habere Duces ?

Hoc seris veniet celebrandum ætatibus olim,

Hoc divûm Pietas, utilitasque rogant,

Interea nostri monimentum extabit amoris,

Artifice hoc structum, sacula vincet opus.

Les quatre Faces de l'Obelisque aboutissoient à un Soleil qui dans cette situation formoit le corps d'une Devise à la gloire du Roy dont le merite éclatant se fait admirer dans les quatre parties du Monde. C'est ce que signifioit l'ame de la Devise en ce mot.

Parte est spectandus ab omni.

L'ORDRE DE LA MILICE
Durant la marche de Messeigneurs les Princes.

DEz que Messeigneurs les Princes furent entrez dans la Ville, ils trouverent les deux Corps de Milice qu'on avoit mis sous les armes, rangez des deux cotez de la Ruë, avec un Ordre, & une propreté qui leur attira l'admiration publique, & l'aprobation de la Cour. Les troupes de Bourgogne, (c'est ainsi qu'on appelloit le premier de ces Corps,) avoient à leur tête Monsieur le Marquis de Jarente Cabanes le Fils, lequel avoit pour Lieutenant son Frere le Chevalier. Les troupes de Berry qui formoient l'autre Corps étoient commandées par Monsieur de Serre de la Marine qui a servi chez le Roi en qualité de Page de la petite Ecurie, & dans les armées, comme Capitaine d'Infanterie, aprés avoir esté dans les Mousquetaires. Ces deux premiers Officiers, & leurs Subalternes soûtenoient par leur bonne grace, & par la magnificence de leurs habits, le rang qu'ils occupoient.

L'Emulation qui regnoit dans ces Troupes fit qu'elles n'oublierent rien pour se distinguer. Ce n'étoit de part & d'autre que gens choisis avec des habits, & des chapeaux uniformes, ou agreablement diversifiez, garnis de Plumets, de Galons d'Or, & d'Argent avec de riches nœuds de Rubans dont la grande varieté offroit durant la marche un spectacle agreable à la vûë, tandis que le bruit confus des Tambours, des Fifres, des Hautbois, & des Trompetes frapoient agreablement l'oreille.

HENRICO
MAGNO

TROISIEME
MONUMENT DE GLOIRE
CONSACRE'
A L'AVGVSTE PIETE'
DE LA ROYALE MAISON
DE BOURBON

L'ARC DE TRIOMPHE D'HENRY
le Grand.

ASSEZ prés de cet Obelifque, on voyoit couler une Fontaine de Vin comme une marque de la joye publique que caufoit l'arrivée des Princes, & de l'heureufe abondance qui accompagne le Regne de leur Grand Pere. Elle étoit placée à l'entrée de la *Carreterie* l'une des plus grandes Ruës de la Ville, & d'autant plus propre à de femblables fpectacles, qu'elle eft auffi des mieux alignées. Un Arc de Triomphe élevé au milieu de cette Ruë proche l'Eglife des PP. Auguftins frappoit fi agréablement la veuë que la Cour avoüa qu'on n'avoit rien vû en cette matiere de fi magnifique dans tout le voyage de Meffeigneurs les Princes. Il étoit confacré à *la Pieté Triomphante d'Henry le Grand* qui aporta la Couronne de France à la Maifon de Bourbon, comme le marquoit la grande Infcription qu'on avoit placée fur la Clef de l'Arc.

HENRICO MAGNO, VICTORI, PIO MAXIMO,

PRIMO E BORBONIA GENTE,

GALLIARUM ET NAVARRÆ REGI,

QUI HEROICA FORTITUDINE REGNUM ADIIT,

MAJORI PIETATE

A VITAM RELIGIONEM SUSCEPIT,

NEOTERICAM ABDICAVIT.

GALLIAM SERVAVIT, PACEM INVEXIT,

FREMENTEM INVIDIAM SUPERAVIT.

Cet Arc étoit d'Ordre Corinthien, il avoit depuis le Socle jufqu'à la Corniche de l'Attique, fept canes ou toifes & demi de hauteur, & en y comprenant les Pyramides qui terminoient les deux bouts de la corniche de l'Attique, il en avoit neuf fur une largeur proportionnée qui étoit toute celle de la Ruë.

De chaque côté de l'Arc s'élevoient deux Colomnes de Marbre pofées fur leur Piédeftaux lefquels étoient auffi pofez fur leurs Socles, & chargez chacun d'un Tapis ou Rideau de Bronze, dans lequel on avoit placé des Emblemes en Camayeu de Lapis.

Les Entre-Colomnes étoient occupez de deux grandes figures d'Or fur leur Socle qui repréfentoient deux vertus ; les Chapiteaux des Colomnes étoient d'Or, & de l'un à l'autre regnoient des Feftons d'où pendoient des Cartouches à Devifes. Les deux Figures qui tenoient d'une main la grande infcription, étoient affifes fur la Corniche, & de l'autre main elles laiffoient pendre des Echarpes d'argent aufquelles étoient attachés les Cartouches des autres Devifes.

Au deffus de la Corniche étoit pofé un Attique avec deux Pilaftres de chaque côté du Fronton enrichis de Confoles, & de Feftons de fruits ; Ces Feftons fe joignoient au deffus d'un grand Paneau qui portoit une autre Embleme en Camayeu de Lapis, & ils étoient attachez par le milieu, à deux Rouleaux. Dans le milieu de l'Attique étoit le Grand Tableau avec fa bordure d'Or laquelle formoit le mefme Cintre que le Fronton.

DECORATION

DE L'ARC DE TRIOMPHE.

LES EMBLEMES DE LA PREmiere Face.

Ans le Grand Tableau on avoit repréfenté l'Eglife de France fous la figure d'une Majefteufe Veftale laquelle offroit un Lys à ce Pieux Monarque qu'elle fembloit réconnoître pour fon réparateur avec ce mot.

GALLIÆ RESTAVRATORI.

Il eft tiré d'une Medaille de l'Empereur Adrien à qui la Gaule donna un Lys avec ce beau Titre qui convient encore mieux à Henry le Grand.

Ce

Ce Heros Chrétien paroiffoit ici vêtu à la Romaine, & Couronné de Laurier. La Religion, & l'Europe fembloient aplaudir à la jufte reconnoiffance que la France lui témoignoit.

La reünion de ce Prince à l'Eglife Romaine étoit repréfentée dans le premier Camayeu de l'Attique. On avoit choifi pour le fujet de cet Embleme l'endroit du Livre des Macabées qui nous apprend qu'Alexandre le Grand tout fier qu'il étoit de fes victoires & de fes Conquétes, s'humilia devant le Grand Prétre quand il le vit revêtu de fes habits Pontificaux, & reconnut qu'il étoit redévable de fes fuccez au Dieu d'Ifraël.

INVICTVM VICIT PIETAS.

Henry le Grand fut l'Alexandre nouveau de la France. Les journées d'Arques & d'Yvry le rendoient maître du Royaume : fa feule Pieté envers Dieu lui fit embraffer la veritable Religion. L'Hiftoire Sainte remarque que les Juifs furent comblez de joye, & les Grecs fort étonnez de la conduite d'Alexandre à laquelle ils ne s'attendoient pas. La joye des Catholiques François, & la confternation du parti Proteftant ne fut pas moindre à l'occafion de cette importante abjuration qui fe fit à Saint Denis en prefence du Cardinal de Bourbon ; entre les mains de l'Archevêque de Bourges, le 25 Juillet de l'année 1593.

Pour repréfenter les Ambaffades que ce Grand Roi envoya au Pape Clement VIII. & les inftances qu'il fit auprés du Saint Siege pour obtenir fon Abfolution, on avoit depeint les Ambaffadeurs que le Grand Judas Macabée envoya à Rome pour entrer dans l'Alliance du Senat.

Mifit eos Romam conftituere cum illis,

Amicitiam, & focietatem,   Macab. l. 1.

Ces inftances partoient d'un fonds de Pieté d'autant plus fincere que Paris, Lyon, & les Provinces entieres ayant reconnu Henry IV. comme quelques ennemis du Saint Siege voulurent lui faire entendre qu'il pouvoit fe paffer du Pape, & de fa Benediction. *Cela ne m'arrivera jamais (leur répondit-il, Et je n'auray point de répos que je n'aye la Benediction de l'Eglife dont je fuis le Fils Aifné.*

Le zele qu'eut ce Grand Roi pour les interefts de l'Eglife parut encore lors qu'il offrit fon Epée, & fa Perfonne au Pape Clement VIII. pour lui faire recouvrer le Duché de Ferrare ; Offre qu'il refit à Paul V. pour le recouvrement de la Terre Sainte ; C'eft fur quoi il avoit conceu le plus Grand deffein que puiffe former un Heros Chrétien. Pour en donner une Embleme on avoit peint le vaillant Gedeon, à qui la Religion paroiffoit foûtenir le bras armé d'un glaive, tandis que de l'autre main elle lui mettoit une Couronne fur la téte ; le mot étoit auffi de l'Ecriture.

HIC GLADIVS GEDEONIS.

Q

Le quatrieme bas-relief repréſentoit David à la téte de ſa petite armée conquerant le Royaume que leCiel luy avoit donné pour la recompenſe de ſa Pieté. La Couronne de France étoit deüe à Henry IV. & il ſe l'eſt aſſeurée par ſa valeur comme un autre David.

QVOD DEDERANT SVPERI REGNVM VIRTVTE PARAVIT.

Il ſçût par ſa valeur s'aſſeurer ſur la Terre,

Un ſceptre que le Ciel venoit de lui donner,

Son grand cœur retira ce plaiſir de la guerre,

De pouvoir vaincre & pardonner.

Pour exprimer le double Caractere de force, & de douceur Chrétienne qui firent celui de ce Grand Monarque, on avoit élevé dans les Entre-Colomnes *la Clemence* d'un côté, & de l'autre *la Valeur* avec les Hyeroglifes qui font reconnoître ces vertus, & ſur le Socle qui les portoit, on liſoit ces vers.

POVR LA VALEVR D'HENRY LE GRAND.

Virtutem atque genus mihi tranſmiſere Parentes,

Tranſmitto natis ſceptra, animumque meis.

POVR SA CLEMENCE.

Ce Diſtique d'Ovide.

Quo quiſque eſt maior, magis eſt placabilis iræ,

Et faciles motus mens generoſa capit.

Les Deux figures qui tenoient d'une main la grande Inſcription, & de l'autre l'Echarpe d'où pendoient les Cartouches à Deviſes repréſentoient l'Hiſtoire qui fait juſtice au merite des Grands Hommes, & la reconnoiſce qui conſerve leur memoire dans l'Eſprit des peuples. L'une & l'autre ſe ſont ſi bien acquittées de leur devoir envers Henry IV. que l'on compte plus de cinquante Hiſtoriens, & plus de cinq cens Panegyriſtes qui parlent de lui avec des Eloges auſſi juſtes que magnifiques.

DEVISES ET AVTRES ORNEMENS.

I.

UN Aimant armé de fon Acier exprimoit l'humeur & l'éducation guer-riere de ce Prince qui fut toûjours nourri parmi les armes , avec ce mot Italien.

FRA LI STRALI MIA VIRTV

II.

Une Aigle qui prend l'Effor fervoit à faire connoître que le grand Ge-nie de ce Monarque étoit fait pour s'elever par fon propre merite.

SE SENTIT AD ARDVA NATVM.

III.

Le fecours que le Ciel lui donna pour le rendre victorieux de tant d'enne-mis , malgré le peu de troupes qu'il avoit , étoit defigné par la foudre qui fe forme de peu de matiere , & qui ne laiffe pas de brifer , ou de renverfer tout ce qui s'oppofe à elle , à raifon de la force qu'elle acquiert en venant des nuës.

MA FORCE VIENT D'EN HAVT.

On affeure que depuis la mort d'Henry III. la Couronne étant duë à Hen-ry le Grand, la foudre tomba fur les armes du Chafteau de Bourbon, abatit la brifure de l'Ecu, où il ne refta plus que les armes de France.

IV.

La Clemence Royale de ce grand cœur étoit reprefentée par le Roi des Abeilles, lequel felon les Naturaliftes, ou n'a point d'aiguillon comme les au-tres Abeilles , ou ne s'en fert jamais.

NON HABET, AUT NON UTITUR ILLO.

Si ce bon Prince a reffenti les injures , il ne la pas fait paroître.

Vn Lyon qui fe contente d'avoir terraffé un Taureau qui l'avoit attaqué avec ce mot fameux.

PARCERE SVBJECTIS.

Tandis qu'un autre Lyon terraffe un Dragon.

ET DEBELLARE SUPERBOS

Ce Grand Roi qui avoit le courage d'un Lyon contre fes ennemis , eut le cœur d'un Pere pour fes fujets ; il accorda une Amniftie Generále à tous ceux qui avoient porté les armes contre lui.

Il eut pour fes fujets une tendreffe extrème ,

Il en fut le Maître , & l'apuy ,

Et chacun d'eux l'aimant de mefme ,

Trouva toûiours un Pere en lui.

J'ai dit que les deux bouts de la Corniche de l'Attique de cet Arc étoient furmontez de deux Pyramides : Elles étoient de marbre vert, & portoient des Infcriptions Glorieufes à la memoire de ce Heros Chrétien. Sur la premiere on avoit mis l'Eloge que le Pape Clement VIII. fit en plein Confiftoire de la Pieté d'Henry, lorfqu'ayant efté prié de benir les Nopces de ce Prince avec Marie de Medicis, il dit en homme infpiré du Ciel, comme le raporte le Cardinal d'Offat, *Benedictionem Apoftolicam Henrici Regis Chriftianiffimi nuptiis impertimur, & fperamus fore ut ab eo nafcantur Filii qui Caroli Magni pietatem imitati, hærefim non à Gallia fola, verùm etiam ab aliis Regnis ejiciant, & extubent.*

La France aujourd'huy toute Catholique fait voir que le Saint Pere parla en Prophete ; auffi ce pieux Monarque a efté appellé le Fils de fes larmes.

On avoit attaché au pied de l'une des Pyramides les armes de France, & de Navarre qui étoient tenuës par les Genies de ces deux Royaumes qu'on a vû reünis dans la perfonne d'Henry le Grand.

Sur l'autre Pyramide on raportoit à fa gloire ce que le Pape Pie II. écrivit autrefois à Loüis II. *Carolus Magnus & plures è Progenitoribus tuis immortale nomen funt affecuti quia Romanam Ecclefiam matrem fuam debito honore funt profecuti : Te verò eorum veftigiis inhærentem, & diligimus totis præcordiis & laudamus, ac omnis Pofteritas te celebrabit.*

La haute eftime que Paul V. avoit de ce grand Prince, Juftifie cette application. Ce Pape étoit fi convaincu du zele fincere d'Henry pour l'avancement de la Religion, qu'ayant apris fa mort, il s'écria qu'il venoit de perdre fon bras droit : *Hoggi hò perfo il mio braccio dritto n'ella morte d'el Ré Henrico IV.* Et cela s'acorde avec ce que dit plufieurs fois ce Grand Prince qu'il feroit prét à fouffrir la mort, comme un Saint Laurens, plûtôt que de faire aucune breche à la Religion Catholique Apoftolique & Romaine.

Oraif. Funeb. d'Henry IV.

Au pied de cette Pyramide on voyoit les armes de Monfeigneur le Duc de Bourgogne qui avoient pour tenants le Genie de Bourgogne, & celui de la Breffe dependante de ce Gouvernement, & qu'Henry IV. ajoûta à la Couronne avec le Bugey, par le Traité qui fut fait à Lyon l'An 1601.

SECONDE

SECONDE FACE

DU PREMIER ARC DE TRIOMPHE.

Si le temps eût permis d'achever la Décoration de la seconde Face, on avoit dessein d'y faire peindre dans les Camayeux.

I.

PErsée delivrant Andromede du Monstre auquel elle fut exposée ; pour representer le bienfait signalé dont la Couronne de France sera éternellement redevable à Henry le Grand qui l'a preservée de l'Heresie.

VICTORI TANTO DULCE EST DEBERE CORONAM.

II.

Hercule delivrant Promethée dont il romp tous les Liens : pour signifier qu'Henry le Grand comme un Hercule Chrétien surmonta tous les obstacles qui s'opposoient à son abjuration : plus heureux qu'Alexandre il coupa le nœud Gordien de la Ligue des Politiques, & asseura la Paix de la France.

SIC VINCLA OMNIA RUPIT.

III.

Samson tirant le Rayon de miel du Lyon, avec ce mot fameux : *De Forti Dulcedo.* Pour marquer la clemence que ce cœur Genereux sçût parfaitement allier avec la Force, comme il parût sur tout dans l'Amnistie Generale qu'il accorda à tous ceux qui avoient porté les armes contre lui, & dans le Traité de Paix qu'il conclut avec tant de gloire. C'est à quoy l'on apliquoit ce Distique d'Ovide.

Ut desint hostes, & desit causa Triumphi,

Quæsita pacis Gloria maior erit.

IV.

David reconnu par les Tribus d'Israël representoit les heureux succez que Dieu donna à Henry IV. pour le rendre maître de la Couronne de France. C'est ce qu'expliquoient ces vers.

Sic novus Isaides fidens melioribus armis.

Victrici extorsit LILIA rapta manu ;

Extorsit, Floresque sacri risere Tenenti,

Inclyta qua tot erant parta Trophæa, manu ;

R

Deux Inscriptions destinées pour les deux Pyramides qui terminoient l'Attique exprimoient les sentiments de Henry le Grand. L'une étoit prise des paroles de Loüis le Pieux, sur l'obligation qu'ont les Souverains de défendre l'Eglise.

Quando Regnum tibi donavi , etiam curam

Sancta Ecclesia tibi Commisi.

La seconde étoit tirée de ces Paroles du Grand Constantin aux Evéques du Concile, auxquels il declara qu'il se croïoit redevable de ses Victoires, & de sa Couronne, au zéle qu'il avoit pour la Religion.

Ego certè prosperam meam fortunam Pietati

Acceptam refero , Testes sunt praeclara facinora ,

Testes Victoria, & Trophaea.

Au dessus du Fronton de cet Arc on voïoit un Groupe de Genies qui portoient dans un magnifique Cartouche les armes du Pape. C'étoit le Genie d'Urbin sa Patrie, qui les remettoit aux Genies de la France, & de la Ville d'Avignon, lesquels témoignoient les recevoir avec beaucoup de Joïe , d'admiration & de respect.

LUDOVICO IUSTO

QVATRIEME MONUMENT DE GLOIRE
CONSACRE'
A L'AVGVSTE PIETE'
DE LA ROYALE MAISON
DE BOURBON

L'ARC DE TRIOMPHE DE LOVIS le Juste.

VErs le milieu de la Ruë Philonardi par où continua la marche de Messeigneurs les Princes, on trouve l'Eglise de Sainte Marie dont le Frontispice qui est d'une magnifique Structure, à vûë sur une assez grande place devant laquelle la Ruë s'ouvre pour en rendre l'abord & l'aspect plus agreable. Cet endroit parut l'un des plus propres de la Ville pour y placer le second Arc de Triomphe qu'on avoit consacré *à la Pieté de Louis le Iuste*, par cette Inscription qui en parle comme d'un trés digne heritier du Throne, & des vertus de Saint Loüis, d'un zelé defenseur de la Religion, & du vainqueur toûjours Auguste du Calvinisme.

LUDOVICO XIII. RE ET NOMINE JUSTO
GALLIARUM ET NAVARRÆ REGI CHRISTIANISSIMO
DIVI LUDOVICI NEPOTI DIGNISSIMO,
ROMANÆ RELIGIONIS ACERRIMO VINDICI,
CALVINIANORUM DEBELLATORI SEMPER INVICTO,
SEMPER AUGUSTO.

Cet Arc étoit d'ordre compoſite conſtruit de quatre Colomnes accompagnées de leurs Pilaſtres. Il avoit dans ſa hauteur ſept Toiſes & demie ſur cinq Toiſes, & deux pans de largeur. Les Colomnes & leurs Piédeſtaux étoient de Marbre Jaſpé : les Baſes, & les Chapitaux étoient d'Or ; l'ouverture de l'Arc avoit trente pans de hauteur, ſur quatorze de largeur. Les Entre-Colomnes étoient remplis de Cartouches à Deviſes, & l'Impoſte des Entre-Colomnes faiſoit un reſſaut ſuporté par des Conſoles ſur leſquelles on avoit placé deux Buſtes de Bronze, avec leur Pied d'Ouche de marbre Jaſpé, & leur Ovale par derriere accompagnée de ſes Ornements.

L'Entablement des Colomnes étoit de Marbre blanc Jaſpé enrichi de tous les Ornements de l'Ordre. Au deſſus de l'Ouverture de l'Arc étoit placé un grand Cartouche orné de palmes, Feſtons, & Maſques qui renfermoit l'Inſcription dont nous venons de parler.

Sur le milieu de l'Entablement étoit élevé un Attique avec un grand Cadre à oreille qui renfermoit un Tableau ſurmonté d'un Fronton en portion de cercle, dans le Tympan duquel étoient placées les Armes du Roi.

Aux deux côtez de l'Attique du milieu on avoit poſé ſur l'Entablement des Colomnes deux piédeſtaux de marbre Jaſpé, chargez de deux bas reliefs de Bronze, par deſſus leſquels étoient poſées deux figures d'Or aſſiſes avec des Trophées d'Armes, & deux Genies au deſſus du Fronton dont l'un tenoit les Armes de Monſeigneur le Duc de Bourgogne, & l'autre celles de Monſeigneur le Duc de Berry.

DECORATION

DV SECOND ARC DE TRIOMPHE

CONSACRE' A LOVIS LE JVSTE.

CE n'eſt pas ſeulement parmy les François, mais encore parmi tout ce qu'il y aura jamais de zelez Catholiques que la memoire de Loüis le Juſte doit être en Benediction, Comme le fut celle du Saint Roi Joſias parmi le peuple Juif. Les vertus Royales & Chrétiennes dont il a laiſſé d'admirables exemples, en ont fait l'un des plus dignes Succeſſeurs de Saint Loüis. La pieté n'a pas moins fait ſon caractere que la Juſtice, & l'on peut dire qu'il a fait de ces deux vertus les deux Colomnes ſur leſquelles il a affermit le Throne François contre les efforts de l'Hereſie, & de la Rebellion.

NEC PIETATE FUIT MAJOR, NEC JUSTIOR ALTER.

Nul autre ne parut plus Pieux, ni plus Juſte.

C'étoit l'Inſcription que l'on voyoit ſous le grand Tableau du Fronton, où ce Grand Monarque étoit repréſenté au pied d'un Autel, faiſant hommage

mage de fon Sceptre , & de fa Couronne à la Sainte Vierge à qui il confacra fes Etats par un vœu exprez dont on renouvelle la mémoire tous les ans le jour de l'Affomption. Le Roy des Roys paroiffoit icy adreffer aux Souverains ces paroles de la Sageffe.

PER ME REGES REGNANT , PER ME PRINCIPES IMPERANT ET POTENTES DECERNUNT JVSTITIAM.

C'eft par moy que les Rois Gouvernent leurs Etats.

Et ie tiens fous ma Loi , les plus Grands Potentats.

L'Ecriture nous aprend que ce Souverain Maître des têtes Couronnées fe plait parmi les Lys , *Pafcitur inter Lilia.* Il eft d'un favorable augure pour la Couronne de France que Loüis XIII. l'ait remife entre les mains de la Reyne du Ciel que l'Eglife compare aux Lys. *Nec caufabitur Liliorum amator inter Lilia non inventum quod inter Mariæ manus invenerit ,* dit Saint Bernard , & ce qui fait plus d'honneur à nos Lys , c'eft qu'ils peuvent fervir de Symbole au Sauveur même felon l'application qu'en fait un Saint Pere , *Chriftus Lilium eft propter gloriam Corporis ,* dit Saint Eucher.

L'Hiftoire de France nous aprend que Charlemagne avant que de faire Couronner fon Fils Loüis le Debonaire à Aix la Chapelle , en prefence des Evéques de fes Etats , lui commanda de mettre fa Couronne Imperiale fur l'Autel de la Sainte Vierge à qui il en fit un hommage folemnel. Ce trait de Pieté fut aplaudi de cette Augufte affemblée qui combla de Benedictions ce Saint Empereur, & il nous a fourni ici un fujet d'Embleme pour defigner ce qu'à fait Loüis le Jufte , à l'imitation de Charlemagne. C'eft enfuite de cette heureufe confécration que les ROIS TRÉS-Chrétiens pourront appeller la Sainte Vierge , *l'Aftre favorable de leurs Eftats.* Selon l'expreffion du Saint Roi Robert qui l'appelloit *Stellam Regni fui.*

L'Année mil fix cens vingt huit , Loüis XIII. reçût des marques éclatantes du fecours de la Sainte Vierge : Car ayant apris , auprés de Saumur , que l'Isle de Ré , & le Fort de Saint Martin devoient fe rendre aux Anglois dans quatre jours , il fit un Vœu à Nôtre-Dame des Hardilliers où il alla faire fes Devotions avec toute fa Cour , & la nuit fuivante il s'éleva un orage qui emporta l'Eftacade , ou Baricade que les Anglois avoient faite pour nous empêcher de fecourir cette l'Isle, dont ils furent contraints de lever le Siége par un convoy de vingt-neuf Barques qui arriverent quelques heures aprés cet orage.

Si ce pieux Monarque força le pas de Suze , d'une maniere qui tient du Prodige , Ce fut encore l'effet d'un vœu , qu'il fit à Nôtre-Dame de Chartres aprés avoir reconnu que fon Armée manquoit de provifions de guerre. A peine le Combat fut commencé que la terreur s'empara des ennemis , leurs retranchements furent forcez, la Ville de Suze fut prife,& le Siege de Cazal levé.

S

PREMIERE EMBLEME.

POur exprimer ces admirables secours que le Ciel accorda à la Pieté de ce Heros Chrétien on avoit depeint Moïse élevant les mains au Ciel, pour asseurer la Victoire à son Armée. Ce mot de Saint Chrysostome expliquoit le sens de l'Embleme.

OCCVLTE PVGNABAT, APERTE VINCEBAT,

De ses Pieux souhaits la Victoire est le fruit.

II.

Le Grand Machabée fut suscité du Ciel pour retablir le Culte divin, & rivanger le Sacrifice, & l'Autel. Le Prophete Jeremie s'aparut à luy, dit l'Ecriture, & lui remit un Glaive d'Or qui dévoit étre fatal aux ennemis du peuple de Dieu.

Accipe Gladium aureum munus Sanctum

in quo deiicies Adversarios &c.   Macab. l. 2.

Loüis le Juste fut suscité pour rétablir le Culte Divin dans le Bearn, & dans le Païs d'Aunis d'où les Calvinistes avoient chassé les Prétres, & les Evéques.

Parmi les Cerémonies du Sacre de nos Rois l'Archevéque de Reims, ou celui qui tient sa place, benit une Epée qu'il ceint au Roi, & la tirant du fourreau la lui donne en disant : *Accipe hunc Gladium cum Dei Benedictione collatum &c.* C'est-à-dire : recevez ce Glaive beni &c. Le Roi le reçoit comme un gage du Ciel, le tient droit durant quelque temps, aprés quoi étant à genoux, il le remet sur l'Autel, pour en faire hommage à Dieu, & l'Archevéque le lui rend.

III & IV.

La prise de la Rochelle, & celle de Montauban paroissoient dans deux autres bas reliefs comme les plus illustres Monuments des guerres saintes que le zéle de la Réligion fit entreprendre à ce Pieux Monarque.

Son Bras se fit sentir aux Chefs du Calvinisme,

Malgré ce que l'Anglois leur fournit de Guerriers,

D'un rebelle partage, il affoiblit le Schisme,

Et ses suiets conquis grossirent ses Lauriers.

DEVISES ET AVTRES ORNEMENTS.

I.

UNe Imperiale que fon propre poids fait pencher, forme un Symbole Naturel de l'obligation qu'ont les Grands & les Souverains de s'abaiſſer devant Dieu, & de luy faire hommage de leur grandeur. C'eſt ce que pratiqua parfaitement Loüis XIII. & ce que l'on vouloit deſigner icy par cette Fleur avec ce mot.

CAPITIS SVBMITIT HONOREM.

II.

Pour exprimer l'admirable rapidité avec laquelle cet Augufte Vangeur de la Réligion enleva au parri Proteſtant ſes plus fortes Places, on avoit depeint la foudre qui tombe ſur les portes d'une Forterefſe avec ce mot.

AUT CEDVNT, AVT RVVNT.

C'eſt ce qu'éprouverent en particulier les Villes d'Alby, de Montpellier, de Montauban, de Clerac, de Pamiers, de Negrepeliſſe, de Saintefoy, & pluſieurs autres. L'Hiſtoire du Siecle paſſé nous aprend que l'an 1620. Loüis le Juſte remit le Bearn ſous ſon obeïſſance. L'an 1621. Il y rangea le Poitou, la Xaintonge, la Guyenne, & le Quercy, & l'an 1622. Les Villes du Bas Languedoc.

III.

Une Mine qui joüe, & qui emporte tout ce qui pouvoit paroître plus capable de luy reſiſter; avec ce mot.

SECUM RAPIT OMNIA.

Caſtelnau, Calmont, Bonal, Carmaian emportez d'aſſaut ; les Troupes des Proteſtants defaites dans la Guyenne, dans le Languedoc, & ſur les côtes de Bretagne, n'ont pas ſeulement verifié le ſens de cette Deviſe ; mais encore la Lorraine, & la Savoye Conquiſes en peu de temps ont donné lieu à ce Grand Monarque, de dire comme un autre Cæſar, *Ie ſuis venu, j'ay vû, i'ai vaincu* tout ce qui s'oppoſoit à mon Authorité. *Veni, vidi, vici.*

IV.

Vne Aigle regardant le Soleil dont les rayons luy donnent de nouvelles forces, deſignoit la Sainte confiance que ce Religieux Prince puiſoit dans la Priére, & dont il fut animé dans les expeditions militaires comme le diſoit ce mot.

HINC VIRES ANIMUMQUE.

Perſuadé qu'il ne pouvoit pas mieux employer ſa puiſſance qu'à vanger la cauſe du Ciel, il n'oublia rien pour affoiblir le Calviniſme, & jamais il ne forma la deſſus de plus nobles deſſeins que quand toutes les apparences ſembloient être moins favorables. Lorſqu'il aprit que les Anglois aſſie-

geoient l'Isle de Ré, c'est-à-dire, répondit-il, qu'il faut aller prendre la Rochelle; Place qui paroissoit imprenable.

V.

Vn Alcyon qui paroît tranquille au milieu des plus grands orages, avec
ce mot.

IMMOTVS DUM CUNCTA MOVENTVR.

Ce Pieux Monarque pratiqua toûjours au milieu des affaires les plus épi-
neuses, ce qu'il s'étoit prescrit d'Exercices de Pieté. On a remarqué de luy
comme de saint Loüis que nul embarras ne dérangea jamais ses Devotions.

VI.

La Pureté de mœurs, & la sainteté de vie qu'il garda constamment furent recompensées par une douce & sainte mort. On ne peut voir de plus
grands sentiments de Pieté que ceux qu'il fit paroître dans sa derniere mala-
die, il ne faut que lire la Relation qu'en fit Imprimer le Pere Dinet son
Confesseur.

Vn Phænix qui se consume sur son bucher, & se prepare à une nouvelle Vie.

VITÆ MELIORIS AMORE.

Deux autres Devises servoient de Hyeroglifes à la *Iustice* & à la *Pieté* qui
étoient icy représentées par deux grandes Figures. Pour l'une on avoit peint
une Balance avec ces mots.

PONDERAT HÆC CAVSAS.

Et une main de Justice passée en sautoir avec une Epée.

PERCVTIT ILLA REOS.

Ce distique d'Ovide servoit à expliquer ces deux pensées.

Scilicet eiusdem est, quamvis pugnare videntur.

Esse bonis facilem, sontibus esse Trucem.

La necessité des temps obligea ce bon Monarque à donner des exemples d'une severité qui ne lui étoit pas naturelle, & qu'il ne pratiqua que
par vertu.

Auprés de la Pieté, un grand Aigle qui paroissoit armé de la foudre faisoit
connoître que la Pieté de Loüis XIII. l'a armé pour les interests du Ciel,
de l'Eglise & de la Vertu.

EMICAT VLTVRVS SVPEROS.

Saint Loüis & saint Charlemagne étoient icy représentés en Bustes,
& sembloient aplaudir aux grandes choses que la Pieté de ce Vertueux Monarque lui a fait entreprendre, & executer.

Deux autres saints Ancétres de la Maison de Bourbon étoient représentez
en Medailles d'Or. C'étoient le B. Pierre de Luxembourg Patron de cette
Ville, & saint Loüis Evéque de Touloufe, que Loüis XIII. a imité la Charité inepuisable de l'un, & la Pureté des mœurs de l'autre.

Les Armes de Messeigneurs les Princes étoient soûtenuës par les Genies
du Roussillon, du Bearn, de l'Artois, & de l'Alsace que leur Auguste
Ayeul reunit à la Couronne.   CIN-

Perru. del.   Relig. Stabil. Templ. Constr.   Lud. David. Sculp.

CINQVIEME
MONUMENT DE GLOIRE
CONSACRE'
A L'AVGVSTE PIETE'
DE LA ROYALE MAISON
DE BOURBON.

LES TROPHE'ES.

E V X Arcs de pierre de Taille qui se trouvoient sur la route de Messeigneurs les Princes, parurent des endroits propres à placer deux Trophées, dont l'un designoit les grandes actions qu'a fait la Royale Maison de Bourbon pour la Religion, & l'autre ce qu'elle a fait pour l'Etat.

En duo Rapta manu diverso ex Hoste Trophæa.   Virg.

Ce Monument de Gloire embrassoit en Général une grande multitude de faits éclatans qui ne pouvoient pas trouver ailleurs une place particuliere. Les Victoires remportées sur tant de Nations differentes, les Villes prises, les Provinces subjuguées, les Eglises Bâties, les Communautez Religieuses fondées, ou enrichies; ce que le Roi, & ses deux Augustes Predecesseurs ont fait à l'imitation de leurs Ancétres, pour établir, ou vanger la Religion

T

dans la France, & dans le reste de l'Vnivers, tout cela, dis-je, entroit dans cet Illustre Recüeil, comme l'expose cette Inscription.

REGIÆ BORBONIORUM PRINCIPUM FAMILIÆ, CONTINUA SERIE REGUM PLUSQUAM SEXAGINTA, SEMPER AUGUSTÆ. INNUMERA HEROUM MULTITUDINE, SEMPER INVICTÆ. RERUM GESTARUM MAGNITUDINE, TER MAXIMÆ. QUOD FUSIS CENTIES, FUGATISQUE REGNI, ET RELIGIONIS HOSTIBUS, INTREPIDÆ VIRTUTIS DUCES, EXIMIÆ CLEMENTIÆ PRINCIPES, PEPERERIT, FINXERIT, AD BELLICAS ARTES STRENUOS, AD POLITICAS INGENIOSOS, AVENIO SEPTEMGEMINA, MUNICIPIUM REGNI NOBILISSIMUM, SECUNDA SEDES APOSTOLICA, RELIGIONI SEMPER SACRA, TROPHÆUM HOC IN GRATIAM AUGUS TORUM FRATRUM EREXIT, QUO MAXIME TEMPORE DEBEBATUR LUDOV. MAGNO. OB CIVES SERVATOS, OB HÆRESIM EXTINCTAM, RELIGIONEM STABILITAM, IMPIETATEM SUBLATAM, FIDEM IN ULTIMAS MUNDI PLAGAS INVECTAM, ET NEOPHYTOS, UBIQUE GENTIUM CHRISTIANIS SACRIS INITIATOS.

Ad Ann. Christi 484.

Deux Figures qui représentoient la Religion, & la Victoire, se donnoient la main, pour exprimer l'éternelle alliance qu'elles ont conservée dans la Maison de France, qui semble avoir esté suscitée, comme le remarque le Cardinal Baronius, pour deffendre l'Eglise contre les Heretiques, & les Barbares. *Ad id namque visi sunt instituti à Deo Reges Francorum.*

La Religion tenoit d'une main le Bouclier de Mirtilius, avec ce mot qui en fait la Devise. *Auxilium numquam deficiens.* Pour signifier que le secours de la France n'a jamais manqué à l'Eglise. La Victoire tenoit ce Fameux Bouclier de Numa-Pompilius quel'on prétendoit luy avoir été apporté du Ciel, & qui pouvoit sous ce raport représenter l'Ecu des Armes de France. Dans cette vûë, on l'avoit chargé de Trois Fleurs de Lys, que l'on assûre étre venuës du Ciel, comme ces Vers l'expliquent.

Quod Genus hoc Florum ? Quo crescunt aurea trunco

Lilia quæ nostro Stemmate fixa nitent ?

Talia non profert Tellus, non educat Hortus.

Gallica, *ne dubites,* Lilia *Missa Polo.*

Qui primus Francorum Rex Christia-nissimus au-rea Corona donavit Ro-manum Pon-tificem, eam à Deo con-secutum esse mercedem declaravit E-ventus ut Francorú Re-gni Corona hactenus per-severet. Baronius Ad Ann. 514.

L'un de ces Trophées étoit attaché à un Palmier qui sert de symbole à la Victoire, & l'autre à un Cedre qui passe pour incorruptible, & forme un Symbole naturel de cette admirable dureé du Thrône François, sur lequel on a vû regner sans interruption le Sang du Grand Clovis depuis douze Siecles, dans la personne de plus de soixante Rois, C'est ce que le Cardinal Baronius regarde comme une espece de prodige, & comme une recompense du magnifique don que le pieux Clovis fit au Pape, d'une Couronne d'Or.

SUITE GENEALOGIQUE DES PRINCES,
& Heros de la Royale Maison de Bourbon, en ligne droite.

I.

SAint Loüis qui defcendoit par Hugues Capet, de Charlemagne, & de Clovis, a été la Noble & Illuftre Tige de la Royale Maifon de Bourbon Ce Saint Monarque époufa Marguerite de Provence fille de Raymond. Comte de Provence, & Seigneur d'AVIGNON, il en eut plufieurs Fils dont le dernier fut Robert.

II.

Robert Comte de Clermont en Beauvoifis époufa Beatrix de Bourbon, & laiffa pour fucceffeur.

III.

Loüis dit le Grand, premier Duc de Bourbon, Grand Chambellan de France, qui fuivit Philipppe de Valois à la Guerre de Flandre, & le feconda avec une valeur Heroïque au Combat de Mont Caffel, où il commandoit l'Armée. Il eût de Marie de Haynaut pour fecond Fils &, pour Succeffeur.

IV.

Jacques de Bourbon Comte de la Marche, &c. Conétable de France, qui aprés plufieurs actions Heroïques mourut à Lyon, avec un de fes fils, des bleffures qu'ils avoient reçûës au Combat de Brignais, dit des Tardvenus. Il eût de Jeanne Comteffe de Saint Paul, pour Succeffeur.

V.

Jean de Bourbon premier du nom, Comte de la Marche qui fe rendit fur tout redoutable aux Turcs, il les deffit en plufieurs rencontres, il époufa Catherine de Vandôme dont il eût Loüis II.

VI.

Louis II. Comte de Vandôme, & de Chartres, Grand Chambellan, & Grand Maître de France, aprés avoir été long temps le redoutable fleau des Anglois, fut pris à la Bataille d'Azincourt: il époufa en fecondes nôces, Jeanne de Laval dont il eût.

VII.

Jean II. Comte de Vandôme, Prince d'une valeur extraordinaire, & Grand Politique, qui merita d'eftre furnommé le *Protecteur de la Couronne*, par les grands fervices qu'il rendit à Charles VII. contre les Anglois. Il époufa Jeanne de Beauveau dont il eut pour heritier.

VIII.

François Comte de Vandôme, qui fut à la Conquête du Royaume de Naples, avec Charles VII. en qualité de Général, & mourut à Vercel à fon retour d'Italie. Il eût de Marie de Luxembourg.

IX.

Charles I. Duc de Vandôme, qui fut Regent du Royaume, avec la Reine Mére, durant l'abfence de François I. Sa grande Prudence fauva l'Eftat: comme le remarque *du Belay*, Il eût de Louïfe d'Alençon.

X.

Antoine de Bourbon, lequel aprés la mort de Henry, & de François II. eût la conduite des affaires de la guerre, il époufa Jeanne d'Albret héritiere de la Couronne de Navarre. Il en eût trois Fils, dont le second qui luy succeda , fut.

XI.

Henry le Grand, que le Ciel suscita pour le Bonheur de la Religion , & de l'Estat. Il eût tout le merite d'un Grand Roi , & d'un Heros du premier Ordre. Et quand on apprit la nouvelle de sa mort, un Grand d'Espagne s'écria, *En esta Die murio el Maior Capitan d'el mundo.* Il eût de Marie de Medicis.

XII.

Loüis XIII. qui luy succeda , & continua son ouvrage, il prit plus de quatre. vingt places , dont il fit les siéges les plus fameux en personne. Il gagna sept batailles par ses Genéraux. Les conquétes de Brisac , de Pignerol , & de Perpignan , luy donnerent les Clefs de l'Europe, il eût d'Anne d'Autriche.

XIII.

Loüis le Grand , la merveille de son siecle, qu'il suffit de nommer, pour faire son éloge, & dont l'Histoire paroîtra incroyable à la Posterité , il a pris plus de deux cens places par lui mesme , ou par ses Généraux , gagné plus de soixante Batailles , par Mer, ou par Terre : il a eû de Marie Therese d'Autriche Sœur aînée du feu Roi d'Espagne.

XIV.

. Monseigneur le Dauphin qui étonna toute l'Europe dez la premiere campagne qu'il fit sur le Rhin , & dont ces quatre vers font le caractere.

Digne Fils du plus Grand des Roys
Il suit les traces de son Pere ,
Et fait dez la premiere fois
Tout ce qu'un Heros pouvoit faire.

C'est en sa faveur que le Ciel a menagé la succession de la Couronne d'Espagne, il a eu de Marie Victoire de Baviere , Loüis Duc de Bourgogne , Philippe cy devant Duc d'Anjou , à present Roi d'Espagne, & Charles Duc de Berry.

Il est à remarquer que ces trois Grands Princes font la quatorziéme Génération depuis Saint Loüis, sous le Regne de Loüis Quatorziéme. Quoy que ces raports ne prouvent rien, ils ne laissent pas d'agréer à de certains esprits. Les Anciens avoient observé le nombre Septenaire dans l'Ancienne Rome. Le Grand Constantin le fit aussi à Constantinople, & les sept Papes qui ont tenu leur Siége à Avignon ont voulu que cette Ville eût encore ce raport avec l'Ancienne Rome. C'est peut être pour cela qu'on y voit sept Paroisses , sept Portes , sept Palais , sept Tours au Palais Apostolique , sept Collèges , sept Hôpitaux , &c. C'est aussi dans cette vüe , que dans l'Inscription de ce Trophée on a mis *Avenio Septemgemina.* Comme Stace le dit de l'Ancienne Rome.

Les autres Inscriptions font celles que l'on voit dans la Vignette de ce Trophée, pour marquer les Victoires remportées sur les ennemis de la Religion.

De Mauris ..... *Des Peuples de la Mauritanie.*

De Pyratis Affricanis , *des Pyrates d'Affrique , &c.*

C'est sur tous ces admirables succez qu'il faut raporter ce que dit le Cardinal Baronius de la Couronne de France. *Certé miraculi fermé loco ducendum est quod in una Gente , tanto Tempore , tanta propagatione Regnum permanserit , &c.*

L E

LE THEATRE,

ET LE CONCERT DU CHANGE.

C'Eſt la coûtume de cette Ville d'élever un Theâtre dans la place du Change, pour un Concert de Muſique qui dans les Receptions des Princes tient lieu des acclamations publiques.

Pour continuer le deſſein du Trophée on donna à ce Theâtre la forme d'un Vaiſſeau par raport aux victoires que la Royale Maiſon de Bourbon a remporté ſur mer en faveur de la Réligion.

Ce Vaiſſeau repréſentoit celui de l'Egliſe, lequel ſemble avoir trouvé un Port aſſeuré dans la France. C'eſt la remarque qu'a déja fait le Cardinal Baronius dans ſes Annales: *Si quis dicat Portum Romanæ Eccliſiæ & Navicula Petri Fluctuantis, Galliam eſſe, non mentietur.* C'eſt auſſi celle de Loüis d'Orleans qui prouve que les Roys Trés Chrétiens ont eû l'honneur de remettre les Papes juſqu'à quatorze fois ſur le Thône de Saint Pierre. Auſſi le Pape Martin ſe voyant menacé par l'Empereur d'Orient, lui répondit qu'il n'avoit beſoin que de trois journées ſur mer pour ſe rendre en France où il ſeroit hors de la portée de ſes coups.

C'eſt encore plus particulierement la gloire d'Avignon de pouvoir fournir cet azile aſſeuré aux Souverains Pontifes comme elle l'a déja fait durant prés d'un ſiecle.

Le Vaiſſeau avoit la figure d'un Dauphin, vers le Château de Proüe; il paroiſſoit même pluſieurs Dauphins depeints dans une mer agitée, où ils ſembloient ſoulever ce Vaiſſeau afin de le garantir du naufrage, & l'on vouloit aprendre par là aux ſpectateurs que ſi l'Egliſe a des perſecuteurs, elle aura auſſi de zélez deffenſeurs tandis que la France aura des Dauphins.

On avoit arboré ſur le grand Mât cette fameuſe Oriflame qui durant pluſieurs ſiecles rendit nos Roys victorieux des ennemis de la Religion & de l'Eſtat, avec ce mot d'Horace d'un côté

PRÆSIDIVM ET DVLCE DECVS.

Et de l'autre

CONCORDIA IMPERII ET SACERDOTII.

Les Cordages de ce Vaiſſeau, ſelon le deſſein, devoient être formez de differents Coliers des Ordres Militaires établis par les Princes de la Maiſon Royale pour la gloire, & l'Apuy de la Réligion, & ſi le temps avoit permis de tout executer, on y auroit vû depeint le Colier de l'Ordre *du Navire* que ſaint Loüis établit pour animer le zéle de ſes nobles François à la conquête de la terre Sainte. Celui de l'Ordre *du Chardon Benit* ou *de l'Eſperance* établi par Loüis II. Duc de Bourbon à ſon retour d'Affrique, & celui de ſaint Loüis établi par le Roi durant la derniere guerre, où la Religion n'avoit pas moins d'intereſt que l'Etat.

V

Ce vaiſſeau pouvoit encore deſigner les pieuſes Eſcadres à la faveur deſquelles Henry le Grand, Loüis XIII. & Loüis le Grand ont fait paſſer tant de zelez Miſſionaires dans le Canada, dans les Iſles de la Martinique, dans la Grece, la Syrie, la Perſe, & ſur tout depuis quelque temps à Siam, à la Chine, au Grand Caire &c.

Ainſi les intereſts de l'Egliſe, & ceux de la Maiſon Royale ſe trouvoient reünis dans ce Monument de Gloire. C'eſt dans cette vuë qu'on avoit fait les Inſcriptions & les Deviſes ſuivantes, pour les endroits capables de tels Ornements.

Vers la Poupe paroiſſoient élevées dans un Grand Cartouche les Armes de Nôtre Saint Pere le Pape Clement XI. qui porte dans un Champ d'Azur une face d'Or avec une Etoile de méme en Chef, & une montagne à trois coupeaux auſſi d'Or en pointe, l'Ecu ſurmonté de la Thiare ou triple Couronne, les Clefs de l'Egliſe paſſées en ſautoir derriere l'Ecu. C'eſt de ce triple Empire que l'on trouve une eſpece de Pronoſtic dans les Armoiries de ce Grand Pape comme on le voit dans les vers ſuivants.

SVR LES ARMES DE N. S. PERE LE PAPE
CLEMENT XI.

DE STEMATE GENTILITIO CLEMENTIS XI.

P. O. M.

Quod modo ter geminam geſtas Albane Coronam,

Conveniunt titulis, STEMMATA ſacra, tuis;

Natus eras cælo, terræque, Marique regendis,

Gentili id ZONA, SIDERE, MONTE probas:

Tarpeia Imperium Rupis, MONS AVREVS affert.

Cælo ZONA præeſt AVREA STELLA mari.

I.

C'eſt l'Etoile qui brille vers le Pole qui ſert plus que tout autre Aſtre à conduire ſeurement les Vaiſſeaux qui ſont ſur la Mer. l'Etoile qui ſe trouve dans les armes du Saint Pere a ſervi à exprimer dans une Deviſe la Juſtice du choix qu'a fait le Conclave. Cette Etoile placée auprés du Pole en fait le corps avec un vaiſſeau qui paroit dans la Mer. L'Ame eſt en ces mots tirez de Virgile.

HANC MAGIS OMNIBUS UNAM.   Æneid. l. 1.

SENTIMENS DE L'EGLISE,
SVR L'ELECTION DV PAPE.

I.

Parmy tant d'admirables feux ;

Qu'on voit se distinguer de l'un à l'autre Pole ;

Il en est sur tout un dont le destin heureux ,

Doit , du sacré vaißeau , gouverner la Boußole :

C'est lui qu'à tout autre Astre , on a sçû preferer :

Et vous , beaux feux , que ie vois luire.

Vous pouvez bien tous m'éclairer ;

Mais il n'est que lui seul qui doive me conduire.

II.

Pour exprimer le soin que le Roi a toûjours pris d'apaiser , ou de prévenir les troubles de l'Eglise , on avoit peint un Soleil qui dißipoit les vents & l'Orage dont un vaißeau paroißoit agité avec ces mots.

DISCUTIO NE SUCCUTIANT.

Dum gemino quaßata Ratis tentatur ab Hoste ,

Fata minante Austro , Fata minante salo ,

Sol favet, haud dubia redit hinc spes certa salutis ,

Dum ne succutiant , Discutit ille notos.

III.

Les Naturalistes regardent le Dauphin comme le Roi de la Mer. On le voit paroistre quand le temps devient gros ; mais à mesure qu'il continuë à se faire voir , les flots s'apaisent , & les Pilotes en augurent bien. Ces favorables rapports servoient icy à donner de nouvelles asseurances au vaißeau dans une Mer qui commençoit à paroitre agitée. Ce mot expliquoit encore mieux la pensée.

HÆC PLACIDOS SPONDENT DISCRIMINA , FLVCTVS.

C'est ce que l'on peut accompagner de ces vers.

Delphini placidos spondent discrimina fluctus,

Blanditurque illi, dum furit unda maris,

Omnia Clementi, speret, pia navis in unda,

Cui favet in regno, Rex maris, ipse suo.

Jamais l'Empire de la Mer ne fut plus asseuré à la France que depuis que Monseigneur le Dauphin voit son Augufte Pere devenu l'Arbitre de l'Europe, & son digne Fils reconnu pour Roi d'Efpagne, de Naples, de Sicile, des Indes Orientales & Occidentales qui embraffent les principales Mers du Monde.

IV.

Les deux freres Caftor & Pollux font une conftellation de bon augure pour les vaiffeaux qui font fur la Mer, quand on feroit d'ailleurs menacé de quelque tempéte. Le Saint fiege peut tout efperer de la Pieté de Meffei-gneurs les Princes qui font comme les nouveaux Aftres de la France.

Vn Navire qui repréfente celui de l'Eglife fous la conftellation de Caftor & Pollux avec ce mot.

HOC SYDERE TVTA.

Illo refidunt æquora fydere.

Et tuta in undis cymba fupernatans,

Dum ridet infanas Procellas,

Marmoreis dominatur undis.

V. & VI.

Les Anciens ont regardé comme un pronoftic de bonheur une Etoile placée fur l'antenne d'un vaiffeau. Celle qui eft dans les Armes de Nôtre faint Pere le Pape eft d'une augure encore plus favorable à l'Eglife. Elle fer-voit de corps à une double Devife avec ce mot.

NIL TIMET AVSPICE TALI.

Et eet autre.

NON DVBIVS TÉ DVCE PORTVS,

Ces deux penfées étoient reunies dans les vers fuivants, ou l'Eglife parle à fon illuftre chef.

AD CLEMENTEM VNDECIMUM,

D. PETRI SUCCESSOREM

ROMANA RELIGIO.

Salve

Salve ô iucundum nobis & amabile sydus ;

Auspice tam læto, nîl mea cymba timet.

Nulla, ut iactatam teneat mox Anchora, Puppim ;

Attamen haud dubius, te duce, Portus erit.

LE CONCERT DE MVSIQVE.

Ce Vaisseau servoit de Theàtre à un concert formé de tout ce qu'il y avoit de meilleures voix, & d'Instrumens de Musique à Avignon. Les paroles du Motet sont tirées de l'Ecriture Sainte, & le choix en est si heureux qu'on peut les apliquer aisément au voyage de Messeigneurs les Princes, à la succession de la Couronne d'Espagne, & aux autres favorables conjonctures du temps.

C'est encore icy *la Pieté de la Maison Royale qui triomphe.* Elle invite dans ce Motet les peuples à loüer le Seigneur des faveurs dont il comble le Roi : les Peuples répondent par plusieurs chœurs qui éclatent en actions de Graces. *Benedictus Dominus quotidiè, quia prosperum iter fecit Deus salutarium nostrorum &c.*

Cette méme vertu fait ensuite l'Eloge des Princes Pieux, & les peuples y aplaudissent. L'aplication qui s'en pouvoit faire sur le champ à Messeigneurs les Princes étoit d'autant plus Juste, qu'ils devoient commencer leur sejour dans cette ville par un trait éclatant de leur Pieté, & que l'on sçavoit que Monseigneur le Duc de Bourgogne avoit fait avancer l'heure de son arrivée pour assister le méme jour, qui étoit le Mecredy Saint, à l'Office de Tenebres.

Ce fut en effet sur les trois heures aprés midy, qu'ayant traversé fort lentement cinq ou six grandes ruës, qui tiennent prés d'un quart de lieüe, la Cour arriva à la place du Change qui se trouva l'un des endroits les mieux parez de la marche, par la richesse des Tapisseries qu'on y voyoit, & par la multitude du beau monde qui s'y étoit menagé des Loges pour avoir le plaisir de ce spectacle.

CANTICVM PRO LILIIS,

IPSI REGI ET FILIIS EIVS.

C'est un titre que l'on voit à la téte de quelques Pseaumes de David, & qui veut dire.

CANTIQVE POVR LES FLEVRS DE LYS,

POVR LE ROY, ET LA MAISON ROYALE

Omnes Gentes plaudite manibus, iubilate Deo in voce exultationis quoniam Dominus exelsus & terribilis, & Rex noster

X

magnus est super omnem terram

Venite exultemus, iubilemus Deo. Benedictus Dominus quotidie quia prosperum iter fecit salutarium nostrorum.

LES CHOEVRS REPONDENT.

Benedictus es Domine Deus Patrum nostrorum quoniam Dux itineris fuisti eis.

Et pertransierunt de Gente in Gentem, & de Regno ad populum alterum.

Non reliquit hominem nocere eis, & corripuit pro eis Reges.

Misit ante eos virum ut erudiret Principes sicut semetipsum.

Et pertransierunt de gente &c.

LA PIETE'.

Electi verè Principes eius, & filij excelsi omnes. Ecce venientes venient cum exultatione. Viderunt ingressus tuos Deus, ingressus Dei mei, Regis mei qui est in sancto.

LES CHOEVRS.

Ecce Reges terræ congregati sunt, convenerunt in unum, ipsi videntes sic admirati sunt, Alii verò conturbati sunt, commoti sunt tremor aprehendit eos.

Tunc repletum est gaudio os nostrum, & lingua nostra exultatione quia dicunt inter gentes magnificavit Dominus facere cum eis.

Magnificavit facere cum eis, facere nobiscum, & facti sumus lætantes.

LA PIETE'.

In Ecclesiis benedicite Domino, de fontibus Israël, date gloriam nomini eius.

LES CHOEVRS.

Prævenerunt Principes coniuncti psallentibus in medio iuvencularum Tympanistriarum.

Benedicti vos a Domino qui fecit cœlum & terram. Adiiciat Dominus super vos, super vos, & super filios vestros. Benedicti vos à Domino, &c.

LES VOEVX DE LA PIETE'.

Deus virtutum convertere & respice de cœlo super virum dexteræ tuæ. Respice super filium hominis quem confirmasti tibi. Fiat manus tua super virum dexteræ tuæ, & super Filios hominis quem con-

firmasti tibi, ut sedeant cum Principibus, & solium gloriæ teneant.
Ibi Beniamin adolescentulus in mentis excessu.

Principes Juda duces eorum, Principes Israël. Constitues eos
Principes super omnem terram.

LE SEIGNEVR REPOND.

Disposui Testamentum Electis meis : Juravi David servo
meo usque in æternum ; præparabo semen tuum à progenie in proge-
niem, a generatione in generationem.

LA PIETE'

Ego primogenitum ponam illum, Excelsum præ Regibus Terræ, &
ponam in sæculum sæculi semen eius. Thronus eius sicut SOL in cons-
pectu meo, & testis in æternum in cœlo fidelis.

LES CHOEURS.

Iuravit Dominus David veritatem, & non frustrabitur eam. De fructu ventris
tui ponam super sedem tuam ; si custodierint Filii tui Testamentum meum, Testimo-
nia quæ docebo eos, Filii eorum in sæculum sedebunt super sedem tuam : Quia elegit
Dominus Sion, Elegit eam in habitationem sibi.

LA PIETE.

Ex omnibus Elegisti tibi Domine LILIVM TVVM, & ideò in virtute tua læ- Esdr. l.
tabitur Rex, & super salutare tuum exultabit vehementer. Desiderium Cordis eius 4 2.
tribuisti ei : vitam Petiit à te, & tribuisti ei longitudinem dierum. Germinavit
sicut LILIVM & erumpet radix eius sicut LIBANI. OSE'E XIV

LE PREMIER CHOEUR.

Elegisti Domine LILIVM tuum posuisti in Capite eius Coronam de lapide pretioso
germinavit sicut LILIVM, nec Salomon in omni gloria sua sicut unum ex istis.

LE SECOND CHOEUR.

Magna est gloria eius in salutari tuo. Gloriam & magnum decorem impones super
eum &c.

Les Peuples aplaudissent à ces favorables promesses & ranimant leur zéle
se recrient comme ils avoient fait au commencement.

LES DEUX CHOEURS ENSEMBLE.

Omnes gentes plaudite manibus, plaudite, iubilate, Quoniam Dominus excelsus
& Rex noster Magnus est super omnem terram.

Le Sieur Molina Maistre de Chapelle de Saint Pierre avoit Composé la
Musique de ce Motet dont l'execution fut assez heureuse pour meriter l'a-
probation de la Cour.

SIXIÉME
MONUMENT DE GLOIRE
CONSACRE'
A L'AVGVSTE PIETE'
DE LA ROYALE MAISON
DE BOURBON

LA STATUE EQUESTRE.
du Roy.

EN arrivant devant l'Hôtel de ville Meſſeigneurs les Princes furent agréablement ſurpris de voir une Statuë Equeſtre de Bronze où le Roi étoit repréſenté à cheval , en habit de Heros vétu à la Romaine, la Foudre à la Main , & en attitude d'écraſer tout à fait une Hydre qui paroiſſoit déja terraſſée & comme expirante à ſes pieds.

Cet ouvrage étoit de la façon du Sieur Peru. Depuis le Rez de chauſſée juſqu'au deſſus de la tête du Roy , il avoit en tout vingt -un pans & demy de hauteur. La Figure du Roi en avoit neuf. Celle du cheval repréſentoit un Coureur qui s'élançoit ſur l'Hydre que le Roi étoit en attitude de foudroyer. Ce Coureur avoit ſept pans & deux tiers de longueur depuis le poitral à la groupe. Il étoit élevé ſur un Piédeſtal de quatorze pans de longueur ſur cinq & demy de largeur , & huit de hauteur en y comprenant le Socle. Le Piédeſtal étoit fait à oreilles, arrondi en demi cintre par la face de devant, & par celle de derriere , cantonné de Pilaſtres par les côtez avec des conſoles , & des Feſtons d'Or. Sa Baſe , & ſa Cimaiſe étoit de méme métail.

Les deux côtez du Piédeſtal étoient en forme de Table qui avoit un Cadre de Marbre Jaſpé dont les Conſoles , & Gouttes étoient de Bronze.

Chaque

HOC TEMPUS PIETAS DELENDIS HOSTIBVS ADDIT

P.Perru.delineauit.

Lud.David Sculp.inChaen

'Chaque Cadre renfermoit un bas-relief de Bronze qui formoit une Emblême.

La face de devant & celle de derriere avoit aussi un Cadre de marbre Jaspé rempli d'une Devise

L'Hydre abatuë étoit étenduë tout le long de la Plinthe sur un bout de laquelle le cheval portoit par les pieds de derriere.

Ce Piédeftal avoit quatre faces dont les deux plus grandes étoient chargées, chacune d'une Emblême. La premiere reprefentoit la deftruction de de l'Arrianifme par le Grand Clovis. On y voyoit dans un bas-relief de Bronze vert, la victoire qu'il remporta fur Alaric Roi des Gots, & qui fervoit de Symbole à celles que Loüis le Grand a remportées fur les Princes, & les Etats proteftants, l'Iinfcription ou le mot de l'Emblême faifoit allufion à cette Hydre que l'on voyoit un peu plus haut fous les pieds du Roi.

SIC ARRIANAM CLODOVÆUS CONTVDIT HYDRAM.

L'autre bas relief reprefentoit la victoire de Jofué fur les Amalecites. On y voyoit dans les airs la Pieté de ce conquerant qui arrétoit le Soleil, & prolongeoit le jour afin que fon Heros eût le temps de détruire tout à fait les ennemis de Dieu : C'eft ce que faifoit entendre ce vers.

HOC TEMPVS PIETAS DELENDIS HOSTIBVS ADDIT.

Ainfi de tes fuccez pour étendre le cours,

Grand Roy, ta Pieté, fait prolonger tes iours.

L'une des remarques que fournit l'Hiftoire fur le fort de la Pieté de nos Roys, c'eft que la plûpart de ceux qui firent paroître plus de zéle pour la Religion, font auffi ceux qui furent recompenfez d'un plus long Regne. Ainfi le Grand Clovis premier Roy Chrétien regna 30. ans.

CHILDEBERT, en regna 45.		CLOTAIRE II. 44.
CHARLEMAGNE 45.		CHARLES LE CHAUVE. 38
ROBERT DITLE SAINT 34.		HENRY I. 30.
PHILIPPE I. 49.		LOUIS LE GROS 28.
LOUIS VII DIT LE JEUNE, 43.		PHILIPPE AUGUSTE 43.
SAINT LOUIS 44.		PHILIPPE LE BEL 28.
PHILIPPE DE VALOIS 22.		CHARLES VII. 38.
FRANCOIS PREMIER 32.		LOUIS XIII. 32.

Mais en qui cette recompenfe éclate d'une maniere plus fenfible; c'eft dans la perfonne de Nôtre Pieux Monarque qui compte déja cinquante huit ans de Regne, c'eft à dire plus qu'Augufte n'en eut, & l'on peut dire du Roi que le Seigneur a affermi le Sceptre dans fa Main. *Confirmavitque Dominus Regnum in manu eius.*

Dans l'une des autres deux faces de ce Piédeftal on a peint pour le Corps

Y

d'une Deviſe, la Maſſuë de cet Hercule Chrétien qui détruit l'Hydre de l'Hereſie, & de la Diſcorde; les Anciens ont ſuppoſé que celle du premier fut changée en Olivier ; C'eſt la moderation du ROI qui a produit elle mé-me un pareil prodige, puiſque l'uſage qu'il a fait de ſa puiſſance, a été de donner deux fois la Paix à l'Europe. L'Ame de la Deviſe étoit en ces mots,

PACCAT QUEM TERUIT ORBEM.

L'Erreur & l'hereſie en nos iours terraſſées,

Sans le bras de Louis ſeroient encor debout

Par leur defaite, il met le comble à ſes Trophées,

Comme il fit tout trembler il pacifia tout.

La quatriéme face de ce Piédeſtal étoit orné d'une autre Deviſe laquelle avoit pour Corps un Soleil brillant qui diſſipe des nuages par l'éclat de la foudre qu'il forme dans leur ſein même. Le mot exprime que le même Aſtre fait la merveille & la terreur de l'univers.

MIRACVLVM ORBIS, ET TERROR.

Hercule & le Soleil n'étoient qu'une meſme choſe chez les Anciens, l'un étoit l'image des Roys, & l'autre des Heros ; Ces deux Symboles ne fu-rent jamais mieux reunis que dans la perſonne de Louïs le Grand. *Herculem Solem eſſe vel ex nomine claret,* dit Macrobe, Ηρακλῆς *enim quid aliud eſt niſi* ἥρας κλέος *(id eſt) aeris Gloria ? Que porrò alia aeris gloria eſt, niſi ſolis illuminatio.*

Macr. Saturnal, l. 1. c. 20.

AU ROY
SVR LA STATVE EQVESTRE
CONSACRE'E
A SA PIETE' ROYALE
PAR LA VILLE D'AVIGNON.

ODE

Gebenniano Turbine, Gallicum,

VUlgus cieri vidimus, artifex,

Furoris, erroriſve, ſudum,

Hæreſis obtenebravit orbem,

Quà ſol recedens, quà rediens volat,

Miraculum orbis Catholici micas,

Regumque terror, *folis inftar*,

Nempe vibras Lodoice, *fulmen.*

Jam iam tonantis, fulminis in modum,

Arces revelles funditus impias,

Et coges Hollandum, minaces,

Ponere, vel fimulare motus.

Quos hic, Triumphis, tollere fe tuis,

Miraris Arcus, *non labor artifex,*

Non Conful, Ædilefve *foli,*

Sed pofuit fimul alma virtus.

L'Autheur de l'Hiftoire d'Avignon écrite en Italien pretend que cette Ville étant la Capitale du Pays des Cavares, *Avenio Cavarum*, dedia une Statuë à Augufte, lorfque les autres Nations des Gaules le firent. Loüis le Grand eft l'Augufte de la France, & de ce Siécle, & Avignon a encore plus de zéle pour cet Incomparable Monarque, qu'elle n'en eût pour l'ancien Augufte.

Le devant de l'Hôtel de Ville étoit reveftu de Laurier, de Feftons, de Fleurs, & de plufieurs fortes de Couronnes, que le Roy a merité comme Conquerant, comme Pacifique, comme Vangeur de la Religion; cette Décoration étoit accompagnée des fouhaits que la Pieté des Peuples faifoit en faveur du Roy.

VOTVM PVBLICVM

LVDOVICO MAGNO SVSCEPTVM

A POPVLO AVENIONENSI.

SI MERITIS ÆVUM DEDERINT PIA FATA SECUNDVM,

SÆCULA VIX TANTO SINT SATIS ULLA VIRO,

IMPERIUM OLLI SI DEDERINT PIA FATA SECUNDUM

TOT MERITIS ORBIS VIX SATIS UNUS ERIT.

Toutes les fois que Meffeigneurs les Princes pafferent devant la Statuë du Roy, ils fe decouvrirent, & cet exemple de veneration fervit à augmenter celle du peuple d'Avignon envers ce grand Monarque qui pour marquer à Monfeigneur le Vice-Legat la fatisfaction qu'il a euë de la magnificence avec laquelle il a reçû Meffeigneurs les Princes, luy a fait préfent de fon portrait enrichi de Diamants: Portrait dans lequel il paroit aufli admirable qu'il paroiffoit redoutable dans cette Statuë comme le difent les vers fuivants.

EXCELLENTISSIMO PRINCIPI
ANTONIO FRANCISCO SANVITALI
PROLEGATO AVENIONENSI
STATVAM EQVESTREM
LVDOVICI MAGNI
CARMINE ILLVSTRATAM OFFEREBAT
J. J. B. S. J.

Ecce Palatinas quà se via pandit ad arces,
  Miranda stat molis opus, quod Cæsare dignum
Olim Augusta suis admittat Roma Theatris,
Phydiáca & sculptum putet esse, manuve Lysippi.
  Hæc species mortalem ultrá & vicina Tonanti,
Conspicuus decor est illi, dignusque Gradivo,
Index Magni animi facies excelsa refulget,
Alti Judicii pondus, vis provida mentis,
Maiestas Pietasque notis se hîc promit apertis,
Amplum sese aperit pectus, proditque latentes,
Divitias, toto spirantes corpore numen,
Aut certè Heroëm geminum. Quàm Regius alta,
Frontis honos! Quam Flammivomæ sub cassidis igne,
Martius exultat lethalibus arduus armis!
Insultat campo Rex Magnus, Equumque fatigat,
O quis honor, nostris ventura in sæcula, marmor,
Temporibus si duret, erit! poterunt hoc discere vultu,
Quantus erat Lodoix dum tela vibraret in hostes.
  Cernis ut ignivomum gaudet calcare iugalem,

Heroem

Heroëm persentit equus, tantoque superbus,
Sessore, auram ipsam optet prævertere cursu,
Flammeus ut Martem spirat, radiataque fulgens,
Tempora, vibrantemque comam dispergit in auras!
Vos qui quondam Arces, & propugnacula vinci,
Nescia, Laurigeris Clari subiistis in armis,
Cedite victori Lodoico, cedite victi:
Huic non Cæsar erit, non committendus Achilles,
Dum quatit attonitas tormentis millibus urbes,
Aut prior in dubium certus se concitat hostem,
Heroëmque suum celeri victoria pennâ,
Læta præit, sequiturque Gradu Fortuna secundo.

Sic te victrices moderantem cernat habenas,
Æternum, Hispanus qui te sibi Gaudet amicum,
Lætusque agnoscit spolium fatale Leonis.
Sic nostri quondam discant memorare nepotes,
Quantus erat Lodoix dum tela vibraret in hostes.
Sed maiora vocant Lodoici Prælia. fallor?
An frendens & strata iacet lethalis Echidna?
Ergo! facundam reparandis anguibus Hydram,
Alcides novus oppressit, victamque proculcat,
Et septem gemina quamquam cervice minetur,
Non illa Heroëm terret, non sauciat usquam,
Strata iacet, totoque expirans corpore, lentas,
Victori exolvit certo sub fulmine pænas.
Sic Pius, antiquam cladem, sic diruta templa,
Et versa in cineres Altaria, vindicat Heros.
Fælices gaudete animæ quas impius Ensis,
Abstulit. Ecce micat qui funera vestra reposcat,
Ecce petit Monstrum, contorquet in intima telum,

Z

Viscera , & in media iam sternit corpus arena.

Hoc erat in fatis : Quod non potuere Parentes ,
Ut formidatam Lodoix disperderet Hydram.
Festivum sacri Gallus Pæana Triumphi ,
Æternum ingeminet , simul Hæresis impia discat ,
Quantus erat Lodoix dum tela vibraret in hostes.

Nec minor est pace in media quam Martis in armis
Dum bonus indulgensque suis se præbet amandum.
Quid memorem celsumque animũ, mentemque benignã
Regalesque manus facilemque ad præmia dextram.
Munus erit , Francisce, *tuum id celebrare, lapillis*
Cui radians Lodoix dono se misit habendum.
Aspicis ut latos Augustæ frontis honores ,
Multiplici profert difusus lumine splendor !
Cernitur hic totus Lodoix , hæc gratia in ore ,
Principis arridet , hic sede morantur in una ,
Maiestas & Amor . Maiestas Cæsare digna ,
Dignus Amor Magno Patriæ, Regumque Parente.
Hæc pretiosus honor pigmenti dividit ora.

His descripta oculis Francæ felicia gentis ,
Fata micant , & in his cernit se quisque beatum.
Ac velut Eoo cum se novus æthere Phæbus ,
Explicat , aut nobis redivivo lumine fulget ,
plurima gemma, novum sic vestit lumine Solem,
Sic vario micat hic radians Adamante Piropus.
Fitque Sui Solis splendens Lodoicus Imago.
Ille tibi æternos , Adamas , promittit honores ,
Principis ille animum , Præsul *, testatur amicum ,*
O nostris , inquis, Fastis venerabile munus !
Aurea quæ sacrum tueatur Pignus amoris ,
Est Pyxis Cælanda mihi , Cedroque Corymbus ,
Plurimus hanc circum qui MAGNVM scribat AMICVM,
UT SANVITALES POSSINT MEMORARE NEPOTES.
Quantus erat Lodoix dum se præberet amandum.

FINIS.

Sur le Préſent que le Roy a fait à Monſeigneur le Vice-Legat d'un Portrait garni de Diamãs.

LUDOVICO MAGNO

in pinxit.

Lud.ᵈ Dau

Hanc habeat portam propria virtute Borbonia

SEPTIEME
MONUMENT DE GLOIRE
CONSACRE'

A L'AVGVSTE PIETE'
DE LA ROYALE MAISON
DE BOURBON

L'ARC DE TRIOMPHE DE LOVIS
le Grand.

CET Arc avoit deux faces également remplies, dont la premiere étoit consacrée à Loüis le Grand, & la seconde à Monseigneur le Dauphin. On l'avoit placé à la veuë du palais des Papes, où Messeigneurs les Princes ont logé. Il avoit selon le dessein du Sieur Cottelle les mémes proportions que le premier Arc de Triomphe d'Henry le Grand. Le Piédestal des Colomnes étoit posé sur un Socle de Marbre Port'or ; il étoit enfermé de chaque côté par deux grandes Consoles qui portoient la Cimaise.

Sur ces Piédestaux s'élevoient de châque côté deux Colomnes d'Ordre Composite dont les Chapiteaux formoient un *Ordre François* par leurs feüeillages qui étoient tellement disposez dans l'Entre-deux,& au dessous des Volutes, qu'ils faisoient paroître des Coqs engagez dans des Lauriers. Les

Colomnes étoient de Marbre vert, & rouge, & les Bases des Chapiteaux étoient d'Or.

Dans les Entre-Colomnes, il y avoit de chaque côté de l'ouverture de l'Arc un rang de Cartouches à Devises ornez de festons lesquels pendoient d'un gros Masque d'Or attaché au dessous de la Corniche. Les Festons des Cartouches passoient par dessus la Cimaise du Piédestal, & venoit se joindre aux grandes Consoles qui le renfermoient.

Ces Colomnes portoient leur Corniche composée de quatre Consoles d'une grandeur proportionnée qui couvroient la Frise, & l'Architrave au dessus des Chapiteaux. Cette Corniche étoit construite de differents Marbres.

Ses Oves, Triglifes, Modillons, & autres Ornements étoient d'Or.

Les Consoles formoient un avant-Corps qui portoit un Socle de Marbre sur lequel étoient élevez deux Vases d'Or.

Entre ces deux Vases on voyoit sur la Corniche deux grandes Figures de Bronze assises, & posées sur leur Socle: Derriere ces Figures s'élevoit un Attique enrichi de sa Corniche, & renfermé de deux grandes Consoles. Tous ces ouvrages étoient encore de Marbre different, & leurs Ornements étoient aussi d'Or.

Au dessus de l'ouverture de l'Arc, on voyoit un grand Cartouche qui contenoit l'Inscription Generale, il tenoit tout l'espace des quatre Colomnes. Deux grands Festons dorez qui alloient joindre les Chapiteaux des Colomnes, étoient attachés à un gros Masque qui fermoit le Cartouche.

Le milieu de l'Attique estoit couronné au dessus de ce Cartouche par un grand Tableau.

Sur les deux bouts de l'Attique on voyoit les Armes du Roy, & de Monseigneur.

DECORATION
DV TROISIEME ARC DE TRIOMPHE
PREMIERE FACE
CONSACRE'E A LOVIS LE GRAND.

SVr la Clef de cet Arc on voyoit en Lettre d'Or cette Inscription à la gloire du Roy.

LUDOVICO XIV. REGI CHRISTIANISSIMO,

MULTIS NOMINIBUS MAGNO,

PIETATE MAXIMO,

QUI CAROLI MAGNI, INGENIUM, ET VIRTUTEM REVOCAVIT

IMPERII GALLICI MAJESTATEM,

AD SUMMUM SPLENDORIS FASTIGIUM EXTULIT,

INVI-

INVICTA FORTITUDINE,

BIS ORBEM TERRVIT,

INCREDIBILI MODERATIONE,

BIS PACAVIT.

La Revocation de l'Edit de Nantes faisoit le sujet du grand Tableau qu'on voyoit sous le Fronton de cet Arc. Le Roi y paroissoit d'une taillé heroïque élevé sur les Monstres de l'Heresie, & de la Discorde, dont la ruine fait le Chef-d'Oeuvre le plus glorieux de son Regne, & le plus capable de rendre sa mémoire immortelle dans les Annales de l'Eglise. La Religion qui sembloit être portée sur des nuës tenoit d'une main une Couronne qu'elle mettoit sur la tête de ce pieux Monarque, & de l'autre un Etendart où l'on voyoit ces paroles tirées du Revers d'une ancienne Medaille,

SALUTIS PUBLICÆ AVCTORI.

Le zéle du Roi pour la Religion ne s'est pas borné à son Royaume. L'Eglise d'Orient reçoit depuis plus de cinquante ans des secours continuels qui la font subsister dans la Gréce, dans la Syrie, dans la Perse, dans l'Ethiopie où il vient de fonder de nouvelles Missions, & dans l'Armenie dont il fait venir à Paris un nombre de jeunes hommes pour être formez aux Sciences Chrétiennes. On sçait les Royales liberalitez qu'il a fait aux Eglises de Siam, & de la Chine, où son nom est en Benediction de même que parmy tous les Fideles de l'Asie qui le regardent comme leur Protecteur.

L'Eglise d'Occident ne s'est pas moins ressentie de son zéle; la Religion Catholique rétablie dans la Cathedrale de Strasbourg, & dans toute l'Alsace; l'Autel & le divin Sacrifice remis en usage dans Genéve, les bienfaits continuels qu'il répand sur les nouveaux Catholiques de France, & sur les nouveaux Chrétiens du Canada, de la Martinique, &c. Sont autant d'effets de sa Pieté Heroïque.

C'est ce qu'on a voulu exprimer en représentant dans les deux bas-reliefs des Piédestaux, ces deux Eglises qui tendant les mains à leur commun bienfaiteur sembloient éclater en sentiments de reconnoissance, & d'admiration envers lui. C'est en ce sens qu'on avoit mis au bas de ces deux Emblemes, le grand Eloge que l'Ecriture fait de la Pieté de Josué, on y voyoit d'une part ces mots.

Magnus secundum nomen suum, Maximus

In salutem Electorum.

Et de l'autre côté on lisoit ces paroles qui achevent le sens des premieres.

Ut expugnaret insurgentes hostes, & consequeretur,

Hæreditatem Israël. Ecclesiast.

A a

Sur les quatre grands Vafes de la Corniche on voyoit repréfenté en autant de bas-reliefs d'Or, les quatre grandes expeditions par lefquelles le Roy a deffendu, & vengé la Religion.

1. La Bataille du Raab où le fecours de la France arréta prés du Pont Saint Godard, l'Armée Ottomane qui venoit fondre fur l'Empire l'an 1664.

2. L'Armée Navale qui fut envoyée au fecours de Candie contre les Infideles, l'an 1669.

3. La fameufe Campagne de Hollande qui rendit en trois ou quatre mois le Roi Maître de plus de cinquante Placés où il fit fleurir la Religion l'an 1672.

4. La derniere guerre qu'il a foûtenuë contre les Principales Puiffances de l'Europe.

Sur les Acrotéres des deux derniers Vafes qui fe regardoient comme les deux plus proches du Tableau où étoit le Portrait du Roy, on voyoit ces Vers imitez de Séneque.

Sparfæ tot Vrbes, fulminis vafti modo,

Alterius effet Gloria ac fummum Decus,

Iter eft Lodoico.

Au milieu de ces Vafes on avoit peint d'un côté l'Empereur Conftantin, & de l'autre le grand Theodofe, tous deux illuftres par leur Pieté. Ils étoient dans une attitude à faire paroître qu'ils admiroient le merite incomparable de ce Heros Chrétien, & qu'ils le trouvoient même Superieur à fa reputation.

Fama ingens! Magnum nomen virtutibus æquat.

Magnum habet in Magno quidquid honore fuit,

Que ces fameux Heros fous qui trembla la Terre,

Renonçant à ce nom, fe declarent vaincus,

Louïs la mieux rempli par fes exploits de Guerre,

Et Surpaffé par fes vertus.

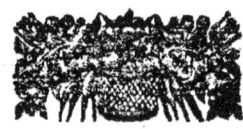

LES DEVISES.

LEs effets ou les recompenses de la Pieté du Roy faisoient le sujet de ces Devises.

I.

Pour les Eglises & autres pieux Edifices qu'il a fait bâtir. Vn Soleil qui forme plusieurs beaux Arcs en formant un Iris, ou Arc en Ciel.

MVLTOS CÆLO EFFICIT ARCVS.

II.

Des Héliotropes ou Tourne-Sols qui suivent la douce impression du Soleil, & reçoivent de ses influances, la couleur de l'Or.

ET QVOS CONVERTIT, INAVRAT.

La Bonté du Roi a contribué au retour de plusieurs bons François dans l'Ancienne Religion, & ses bienfaits les y ont soûtenus.

III.

Vn Soleil dans le Signe du Lyon où il trouve sa plus haute Elevation, & dans un Parterre des Lys qui ne sont jamais plus beaux que quand le Soleil est dans ce Signe.

........QUO ALTIOR ILLE
HÆC FLORENT MAGIS ......

Jamais les Fleurs de Lys de la France n'eurent plus d'éclat que sous cet heureux Regne, & sur tout depuis que le Roy est entré dans les interests de la Monarchie d'Espagne dont le Lyon est le Simbole.

IV.

Les deux Astres de Bourbon qui sont des Planetes dont l'éclat & la lumiere viennent du Soleil.

HIS QVANTVM LVCIS AB ILLO!

C'est du Roy que Messeigneurs les Princes reçoivent leur plus grand éclat.

V

Pour signifier les grands préparatifs de guerre que le Roi fait d'une part, tandis que de l'autre il invite les Puissances jalouses de sa gloire, à la Paix, on avoit peint le Soleil, qui forme d'un côté un Iris, & de l'autre ce Météore qu'on appelle en Latin Virgæ avec ce mot.

AUT TIMEANT, AUT AMENT,

VI.

Le Soleil dans un Ciel presque tout serain ; & un vent de Midy Collateral, qui commence à exciter quelques nuages qui se dissipent sans peine, ce fameux mot de Ciceron faisoit l'Ame de la Devise.

VIDI ALIOS .... ALIASQVE PROCELLAS.

Le Roy a veu sans se troubler de bien autres embarras que ceux que l'on voudroit lui susciter au sujet de la succession d'Espagne.

VII.

On sçait que le Conseil d'Espagne a déféré au Roy la Regence de tous ses Etats, & qu'il en reçoit des lumieres pour la seûreté de son Gouvernement quoique ce Grand Monarque n'aye accepté la Regence que pour les Païs-Bas, & pour le Milanois dont il est plus à portée, c'est ce qu'on a exprimé par une Devise Double qui a pour Corps le Soleil dans l'un des Hemispheres, tandis qu'il éclaire l'autre par le moyen de la Lune qu'il remplit de sa lumiere : ce mot fait l'ame de la premiere.

SIC ABSENS DISSITA LVSTRAT,

VIII.

L'Ame de la seconde exprime que le Roi fournit par ce moyen ses lumieres à l'Ancien, & au Nouveau Monde.

SIC ORBI EST VTRIQVE SATIS.

Ces deux pensées sont réünies dans ce Distique.

Proxima sic prǽsens, sic absens dißita lustrat,

Lumine ; sic orbi est unus, utrique satis.

Les Ornements de cette premiere Face étoient terminez sur le Fronton par la Devise du Roi. C'est à dire par un Soleil sur un Globe avec ce mot.

NEC PLVRIBVS IMPAR.

Sur les deux bouts de l'Attique on avoit élevé les Armes du Roy, & de Monseigneur. Les deux tenants des premieres étoient les Genies de la Guerre, & celuy de la Paix qui les ont également renduës respectables dans le monde.

Celles de Monseigneur avoit aussi pour Tenans le Génie de la Vertu d'un côté, & de l'autre celuy de la Fortune. On sçait le bel accord que fait le merite, & le bon-heur dans ce grand Prince qui fait les Delices de la France, & qui contribuë également au bon-heur, & à la gloire du Roy.

FILIVS SAPIENS CORONA PATRIS.

Le merite du Fils Couronne aussi le Pere.

Hanc habeat partam propria virtute coronam

SECONDE FACE
DV TROISIEME
ARC DE TRIOMPHE
CONSACRE'E

A MONSEIGNEUR.

C'EST pour les raisons que nous venons d'expofer qu'on avoit con-facré à Monfeigneur le Dauphin la feconde face de cet Arc. Il imite de fi prés fon Augufte Pere, qu'on ne crût pas devoir placer plus loing les Monuments de Gloire qui le regardent. Sa fameufe Campagne de Philisbourg faifoit le fujet du grand Tableau. La Religion Catholique qu'il fit rentrer avec lui dans le Palatinat, luy préfentoit une Couronne de Lauriers entrelaffée de branches de Mirte, & de quelques Immortelles, elle fembloit dire par-là, ce qui étoit exprimé dans ces Vers.

HANC HABEAT PARTAM PROPRIA VIRTVTE CORONAM.

C'eft déia ta vertu, Prince, qui te Couronne

La grande Infcription parloit de lui comme d'un Heros Chrétien, & comme du Pere le plus heureux du Monde, puifqu'il a le plaifir de voir affeurer dans la perfonne de Meffeigneurs les Princes fes Enfans, la felicité de la France, & du nouveau Siecle.

LUDOVICO. GALLIARUM. DELPHINO.

VICTORI. PIO. CLEMENTI.

Bb

QUAM SUIS AMABILI, TAM EXTERIS TIMENDO.
SUMMOS INTER IMPERATORES EGREGIO.
PRINCIPES INTER FORTVNATISSIMOS, FÆLICISSIMO
HEROUM NOVI SÆCULI
AD IMPERII GALLICI ÆTERNITATEM.
PARENTI AUGUSTO.

L'Ordre d'Architecture obfervé dans cette feconde Face étoit le méme que celui de la Premiere ; ainfi l'on voyoit deux Emblemes dans les Panaux des Entre-Colomnes.

La premiere repréfentoit dans un Camayeu d'Or l'Empereur Theodofe le jeûne auprès de fes deux Fils Arcadius, & Honorius, aufquels il paroiffoit defigner fur le Globe Imperial, les divers Etats qu'il avoit à leur remettre. C'eft ce que difoit le vers fuivant.

QVEM SOLVS MERVIT, SIC NATIS DIVIDIT ORBEM

Il étoit deftiné à Monfeigneur de partager à fes Auguftes Fils les plus beaux Etats du Monde.

Dans le fecond Camayeu l'on voyoit depeinte, Junon arrofant de fon lait trois Lys qui étoient dans un Parterre, & qui devenoient parfaitement beaux. C'eft ce que les Anciens ont imaginé qu'elle fit ; Mais aujourd'huy l'on peut dire que c'eft la Pieté qui a nourri de fon lait, ces trois Auguftes Princes Enfans de France qui font la plus douce efperance de la Maifon, Royale.

SIC FLORET DIVUM SANGUIS.

Ainfi font arrofez encor mieux qu'autrefois.

Ces Lys dont le lait feul rend la couleur fi belle,

On voit avec plaifir qu'une fraicheur nouvelle,

Orne ces ieunes Fleurs de l'Empire François.

Les deux grandes Figures qui étoient affifes au milieu de la Corniche formoient un regard favorable de part & d'autre avec le Portrait de Monfeigneur Elles repréfentoient la France, & l'Efpagne qui parroiffoient par cette fituation fe reünir en faveur de cet heureux Prince, elles étoient Couronnées, & vétuës en Reynes, & uniës par des nœuds formez des Chaînes des Armes de Navarre qui fait la jonction des deux Monarchies : Les Vers fuivans expliquent cette penfée à la gloire du Roi, & de Monfeigneur.

Hoc opus eft, Lodoice, tuum, quippe Herculis inftar,

Attonitas Gentes in tua fata trahis,

Hoc opus est (Delphine (tuum , spes maxima Regni ,

Tanto , hæres , Patri non satis unus erat ,

Sur les quatre grands Vases d'Or, qui étoient posez au dessus de la Corniche on avoit depeint.

I. Le Mariage du Roi avec la feuë Reine, source des Droits de Monseigneur sur la Couronne d'Espagne.

II. L'Himen qui sembloit Couronner Monseigneur le Duc d'Anjou.

III. Le Mariage de Monseigneur le Duc de Bourgogne.

IV. La Toison d'Or que le Roi remet à ses deux petits Fils dont l'un représente l'Instituteur de l'Ordre de ce nom comme Duc de Bourgogne; Et l'autre comme Roi d'Espagne en est devenu le Grand maître.

LES DEVISES.

CEs Ornements étoient accompagnez de huit Devises qui avoient pour sujet la Prosperité de la Maison Royale, comme l'un des effets de la Piété de ceux qui la composent.

I.

Vn Grenadier qui porte des Fruits Couronnez, pour exprimer l'avantage qu'aura Monseignenr de disposer de plusieurs Couronnes.

DAT SPONTE CORONAS.

II.

Vn Lys qui se forme une Couronne Naturelle de trois Pampres dont il est formé & qui peuvent designer les trois Princes Enfant de France Fils de Monseigneur.

TRIPLICI SE PROLE CORONAT.

III.

Vn Aigle Pere qui se met en état d'empescher des Oyseaux étrangers de fondre sur ses petits, Pour les preparatifs de la Campagne.

SVORVM IVRA TVETVR,

IV.

Vn Parelie qui reçoit l'Impression , & les traits du Soleil dont, il prend la Ressemblance.

EXCEPTOS REFERO RADIOS.

V

La Planête de Mercure qui s'approche plus qu'aucun autre du Soleil. Personne n'approche plus du Roi que son Auguste Fils.

........PROXIMVS ILLI.

A QUO LUCEM HAURIT ....

VI.

Vn Dauphin qui eft naturellement paifible, & qui fe joüe des Vagues de la Mer.

PACIS AMANS, CONTEMPTORQVE PERICLI.

VII

Deux fceptres paffez en fautoir, & reünis à un Caducée.

DVO COLLIGAT VNVS.

Ce grand Prince reünit dans fa perfonne les Droits qu'il à fur deux Royaumes.

VIII.

L'Vn des plus beaux Symboles de la Royauté c'eft le Lys, foit à caufe de fon élevation, foit à caufe de fa magnificence naturelle que le Sauveur à preferé à celle de Salomon. Saint Gregoire de Nyffe a remarqué qu'il joint la beauté à l'Elevation. C'eft ce que fait auffi Philippe de France Roy d'Efpagne, & ce qu'on avoit defigné ici par un Lys d'une grande beauté avec ce mot de ce Saint Evéque.

PVRA IN SVBLIMI PVLCRITVDO.

LA VILLE D'AVIGNON

A MONSEIGNEVR LE DAVPHIN

SVR LE VOYAGE

DE MESSEIGNEVRS LES PRINCES.

P Rince le plus heureux des Princes de la Terre,
Ne ferez vous iamais de voyage qu'en Guerre ?
Et ne vous verra t-on iamais
Pour honorer mes Murs, profiter de la Paix ?
On y vit vos Auguftes Peres,
On y voit vos dignes Enfans ;
Que mes fuiets feroient contents ,
De vous voir au milieu de ces illuftres Freres !
Mais non... Reftez toûiours auprès du grand Bourbon
Puifez y les talens qu'enferme ce beau nom,
Déia tout fon Genie eft en ce que vous faites ,
Sur ce que i'ay veu dans Louis ,
Et que ie vois de grand dans vos Auguftes Fils ,
Je devine ce que vous étes.

LE

LE SEJOVR DE MESSEIGNEVRS LES PRINCES A AVIGNON.

Aprés avoir paffé fous cet Arc de Triomphe, Meffeigneurs les Princes entrerent dans une grande Place qui fait l'un des plus beaux endroits de la Ville. Elle forme la figure d'un long Parallelograme qui peut avoir quatre vingt Toifes de longueur, fur trente de largeur. Ce grand efpace eft terminé de tous côtez par de fuperbes Edifices de pierre de taille qui font des Monuments éternels de la magnificence de cette Ville. Vne partie de fon côté Occidental eft occupée par l'Hôtel de la Monoye qui fut bâti fous le Pape Paul V. Le Palais Archiepifcopal en termine la vûë du côté du Septentrion avec la Roche des Doms, fur laquelle on voyoit autrefois la Citadelle de Saint Martin, & dont le penchant eft occupé par l'Eglife, & par la plate forme de la Cathedrale laquelle fe joint vers l'Orient au Palais Apoftolique.

Ce Palais eft un Bâtiment à l'Antique Flanqué de fept grandes Tours quarrées, & d'une Structure fi folide pour fa hauteur, qu'il y a eu dequoy ménager des Chambres d'une jufte grandeur dans l'épaiffeur de fes murailles, & que parmy les réparations que Monfeigneur le Vice-Legat vient d'y faire, il y a eu dequoy occuper plufieurs Ouvriers un mois entier, à percer des murailles qu'il falloit ouvrir pour faire communiquer l'apartement de Monfeigneur le Duc de Bourgogne, à celuy de Monfeigneur le Duc de Berry.

On ne peut mieux juger de l'empreffement des peuples à voir nos Auguftes Princes, & de la foule du monde que leur arrivée avoit attiré dans cette Ville, que par la multitude prodigieufe de gens qui rempliffoit ce grand efpace, & comme fa fituation naturelle en fait une efpece d'Amphiteâtre dont le fonds eft relevé par le grand Efcalier, & couronné par la pla-

C c

te forme de la Cathedrale ; la foule n'empéchoit pas que les plus éloignez n'eussent le plaisir du spectacle de cette marche.

Ce qui contribua d'ailleurs au bon Ordre, ce fut la garnison Italienne que Monsieur le Commandant Bonaventure avoit fait mettre sous les armes à l'entrée du Palais. C'est-là qu'il parut lui même à la tête des Troupes, la demy Pique à la main, accompagné de Monsieur le Major de la Volpe, & d'une nombreuse suite de gens à livrée, & la marche ayant à se terminer-là, ce fut au bruit reüni de tout ce qu'il y avoit de Tambours, de Trompetes, de Timbales & autres instruments militaires, que Messeigneurs les Princes entrerent dans le Palais. Ils y furent reçûs au bas du grand Escalier par Monseigneur le Vice-Legat, qui depuis la porte de Saint Lazare, où il avoit eu l'honneur de les recevoir, avoit pris les devants pour être en état de faire encore ici les honneurs de cette Reception. Il conduisit donc ces grands Princes dans les appartements qu'il leur avoit fait préparer avec toute la Magnificence, & la propreté qu'inspire le bon goût qu'on apporte d'Italie, & qui répond à la grandeur de sa naissance: ce fut aussi sur quoi Monsieur le Maréchal Duc de Noailles lui témoigna une satisfaction singuliere.

A ce moment on commença la décharge de l'Artillerie qui annonça cette arrivée par le bruit de trente six Boëtes, & de six vingt pieces de canon, aprés quoi Monseigneur le Vice Legat se retira chez Monsieur le Commandeur Maidalchini, dans la maison de Monsieur le Marquis de Mazan l'une des plus belles & des plus magnifiques de la ville. Là son Excellence donna tous les Ordres necessaires pour faire servir à propos Messeigneurs les Princes, & toute leur Cour.

Cependant l'heure de l'Office de Tenebres étant venuë, Monsieur des Granges maître des Ceremonies, & Monsieur l'Abbé Turgot Aumônier du Roy allerent voir si tout étoit disposé dans l'Eglise Cathedrale, pour recevoir & placer Messeigneurs les Princes. Ils la trouverent revetuë d'un bout à l'autre de Tapisseries de Soye dont l'agreable assortiment soûtenu d'un grand nombre de Lustres, & de Tableaux exquis faisoient un fort bel effet.

Cette Eglise qui reconnoit pour son premier Evéque Saint Ruf, l'un des Disciples du Sauveur, passe pour avoir été fondée par Sainte Marthe. Elle fut réparée & enrichie par Charlemagne aprés la defaite des Sarrasins qui l'avoient ruinée. Le Cardinal Julien du Roure étant Legat d'Avignon la fit ériger en Metropolitaine par le Pape Sixte IV. son Oncle. Elle est gouvernée par un illustre Chapitre que les Papes ont honoré de plusieurs rares privileges : les Chanoines portent dans le Chœur sur le surplis, un habit rouge qui revient à celui des Cardinaux, & les Beneficiers un habit violet semblable à celui des Evéques. Privilege que le Saint Siege confirma il y a quelques années sur les instances que fit à Rome Monsieur Louïs Gabriel de Jarante Cabanes Prevôt de cette Cathedrale. Ce fut luy qui dans ce magnifique habit, & à la tête de ce Chapitre reçût à l'entrée de l'Eglise Messeigneurs les Princes; Il adressa la parole à Monseigneur le Duc de Bourgogne & lui dit.

MONSEIGNEUR,

L'Eglise d'Avignon qui conserve le precieux souvenir d'avoir vû le premier Monarque du Monde au pied de ses Autels, est auiourd'huy au comble de sa ioye, par l'honneur qu'Elle a d'y recevoir avec ses plus profonds respects, les deux Princes de son Auguste sang que le Ciel destine au bonheur de la France, & à la felicité du nouveau Siecle.

Cette Eglise que l'Ancienne Tradition appuyée du témoignage des Souverains Pontifes nous asseure avoir été miraculeusement consacrée, & dediée dés les premiers temps de l'Eglise sous le Titre de la Sainte Vierge, pourroit par-là disputer la préference de l'Ancienneté à toutes celles de France, comme Elle a eu pendant prés d'un Siecle la prerogative d'être la Mere de toutes celles du monde par le seiour des Souverains Pontifes.

Mais elle ne doit se souvenir dans cette heureux iour que des bienfaits des Roys Trés-Chrétiens. C'est à l'Empereur Charlemagne à qui elle doit son premier lustre ; tous les Monarques ses Successeurs l'ont aussi particulierement enrichie, & distinguée par des privileges, & sans remonter plus haut, il n'en est presqu'aucun depuis Saint Louis qui ne l'ait honorée de sa presence. Louis le Grand enfin en a conservé les Autels par la destruction entiere de l'Hérésie.

Ce fut bientôt aprés que ce Grand Prince eut fait éclater sa haute pieté dans cette mesme Eglise pendant la solemnité de Pâques, il y a quarante ans, que le Ciel le recompensa par la naissance d'un digne Fils qui est auiourd'huy luy même le plus heureux de tous les peres, & qui en donnant des Princes accomplis pour toutes les Couronnes du Monde, a élevé par-là au plus haut point de la Gloire, la grandeur & la Puissance de leur Ayeul.

Vivez donc Grands Princes, vivez pour être le bonheur & la consolation de ces deux Peres Incomparables, vivez pour en être les vertueux & les heroïques imitateurs, pour être à leur exemple la gloire, & l'admiration de toute la terre, le soûtien de la Religion, les Protecteurs du Sanctuaire. Ce sont les vœux ardants que l'Eglise d'Avignon fait continuellement au Ciel ; Nous ne sçaurions être parfaitement fideles au Pere commun de l'Eglise à qui nous sommes soûmis, que par un attachement inviolable, & par *une profonde veneration pour le plus grand Roi du monde son Fils Aîné, & pour son Auguste Famille.*

Ce discours fut prononcé avec toute la bonne grace, & toute la dignité d'un Orateur Sacré, reçû trés honorablement de Messeigneurs les Princes, & aplaudi de toute la Cour. Aprés quoi le Chapitre marcha vers le Chœur ou l'on avoit préparé (sous un magnifique Dais) un Thrône pour les deux Princes vis à vis celui de l'Archevéque qui est aujourd'huy Monseigneur Laurens de Fiesque dont la vertu répond à la dignité, & le merite à la naissance, & qui s'étant trouvé absent pour des affaires qui l'arrétent à Rome, a temoigné beaucoup de regret, de n'avoir pas pû faire les honneurs de son Eglise à Messeigneurs les Princes. Ce fut Monsieur le Prevôt qui commença l'Office, lequel fut chanté sans Musique parce que Messeigneurs les Princes, l'avoient ainsi souhaitté. Ils y assisterent avec une modestie trésédifiante, accompagnant eux-mémesà voix basse le chant du Chœur. Aprés l'Office ils s'en retournerent au Palais; La pluye ne leur ayant pas permis de passer par la Plate-forme, ils virent dans une Chapelle qu'il fallut traverser, la Chaire Pontificale qui fut le Siege de sept Papes, & au dessous de laquelle on lit cette Inscription.

SEDES SUMMORUM PONTIFICUM,

AB ANNO MCCCVIII.

QUI PER ANNOS LXX. ET AMPLIUS,

AVENIONE, ALTERA ROMA DEGENTES,

ORBI CHRISTIANO PRÆFUERUNT.

Ensuite Monseigneur le Vice-Legat leur vint faire sa Cour, & le soir il donna à manger chez luy avec sa magnificence ordinaire à prés de quatre vingt personnes de leur suite: Ce qui continua tout le temps qu'ils furent à Avignon.

AUDIENCES

DONNE'ES

PAR MESSEIGNEURS

LES PRINCES.

LE Jeudy Saint Messeigneurs les Princes assisterent à la grande Messe de la Cathedrale où Monsieur le Prevôt de Cabanes officia. Monsieur l'Abbé Turgot avoit fait apporter par leur Ordre six vingt Flambeaux de Cire blanche, qui furent distribuez aux gens de la Cour, pour la Procession du Saint Sacrement que les Princes suivirent portant un Flambeau à la Main, & marchant d'abord aprés le Dais.

Ce matin Messeigneurs les Evêques de Saint Paul Trois Châteaux, de Vaison, de Carpentras, & de Vence aurent leur audience de Messeigneurs les Princes qu'ils venoient asseurer de leur profond respect.

L'aprés dîner Monsieur des Granges faisant la fonction d'Introducteur alla prendre dans le carosse du Roy Monseigneur le Vice-Legat pour le mener à son audience publique. La Garnison se mit sous les armes, dés que son Excellence parut à la porte du Palais, & un grand nombre de Noblesse qui s'y étoit renduë, l'accompagna chez Monseigneur le Duc de Bourgogne.

Aprés avoir salüé profondément ce Prince, le Prélat l'asseura de la parfaite estime, & de l'affection paternelle que Nôtre S. Pere le Pape à pour son Auguste personne, & pour toute la Maison Royale; aprés quoy il luy présenta un Bref de sa Sainteté que ce Prince reçût avec beaucoup de vénération pour le Saint Siege, & pour le Pape. De-là Monseigneur le Vice-Le-

D d

gat fut conduit dans l'Appartement de Monseigneur le Duc de Berry auprés duquel il garda les mémes formalitez. Il reçût aussi de pareilles marques du profond respect de ce Prince pour le saint Siége, & pour la personne du saint Pere.

Cette Audience finie, Monseigneur le Duc de Berry étant allé dans l'appartement de Monseigneur le Duc de Bourgogne, Monsieur le Viguier, Messieurs les Consuls, & Assesseur accompagnez d'un grand nombre de personnes de qualité y furent introduits par Monsieur des Granges. Ce fut là que Monsieur Bayol en qualité d'Assesseur parlant au nom de la ville, dit au Prince.

MONSEIGNEUR,

Si la Ville d'Avignon à comptè parmy les plus heureux de tous les Siecles celuy qui vient de finir, par l'honneur qu'elle a eu de recevoir Louis le Juste, & Louis le Grand, quel bonheur ne doit elle pas esperer dans le Siecle qui commence par l'avantage qu'elle a de voir, & de posseder en vostre Auguste personne un Prince qui fait deia l'admiration de toute la Terre? Nous reconnoissons en vous, MONSEIGNEUR, la vive image du plus Grand, & du plus Vaillant de tous les Roys, & le digne Fils d'un Heros qui est la terreur des ennemis de la France, nous voyons reunir en nous toutes les vertus de vos Augustes Ayeuls, qui comme une source feconde donnent des Roys aux plus Grands, & aux plus Florissants Royaumes de l'Univers. Quel bonheur pour l'Espagne d'avoir Philippe de France pour son Roy! Quel honneur pour la France de produire de si Grands Princes! Mais quel avantage pour l'Eglise d'avoir en eux de si puissants, & de si invincibles deffenseurs! Il est si rare de trouver dans de ieunes Princes toutes les vertus qui brillent avec tant d'éclat dans vôtre personne, & dans celle de voire Auguste Frere, qu'il semble que la nature aye voulu se surpasser pour r'assembler en vous, dés vos plus tendres années toutes les qualitez qui ont servi à former les hommes les plus illustres. La vivacitè, & la pénétration de votre Esprit, un naturel doux, & bien-faisant soûtenu par une grandeur d'ame, vous rendent avec raison l'obiet de l'amour de Louis le Grand, de la tendresse de Monseigneur, & de la venération des Peuples. Souffrez, MONSEIGNEUR, que nous vous rendions un témoignage public de la nôtre, & que dans ces heureux iours que nous avons l'honneur de vous posseder dans l'enceinte de nos Murs, nous demandions au Seigneur qu'il vous conserve pour les grandes chofes aufquelles voftre Augufte Naiffance, & voftre merite vous appellent.

Aprés ce difcours qui fut écoûté avec beaucoup de fatisfaction par Meffeigneurs les Princes, Monfieur le premier Conful leur préfenta deux foûcoupes, pleines de Medailles d'Or que la Ville avoit fait frapper à leur Coin & que le Sieur Pomarede avoit gravées.

C'eft encore là un Monument éternel qui plus durable que les peintures, ni les Arcs de Triomphe fera paffer jufqu'aux Siecles les plus reculez dans les mains des fçavants, cette marque du zéle, & du Sincere refpect qu'à la Ville d'Avignon pour Meffeigneurs les Princes.

On voit en profil dans l'un des côtez de cette Medaille la téte de ces deux Auguftes Freres avec ces mots abregez dans la Legende.

LUDOVICVS, ET CAROLVS DELPHINI FILII,

LVDOVICI MAGNI NEPOTES.

C'eft la Medaille qu'ô voit dans la Vignette de ce Chapitre.

Le revers repréfente fous la Figure d'une Femme, la Ville d'Avignon, auprés d'un Obelifque qu'elle confacre à l'heureufe arrivée des Princes.

ADVENTVI AVGVSTORVM FOELICISSIMO.

Avec ces Lettres initiales fur le Piédeftal.

S. P. Q. A.

Qui veulent dire.

SENATVS POPVLVSQVE AVENIONENSIS.

Et dans l'Exergue on voit le Millenaire, ou l'Année de la frappe

MDCCI.

Monfeigneur le Duc de Bourgogne diftribua fur le champ plufieurs de ces Medailles aux perfonnes de fa Cour, parmy lefquelles il fit l'honneur à Monfieur le Marquis de Sade de lui en donner une.

Monfieur l'Affeffeur devoit encore complimenter fur ce fujet Meffeigneurs les Princes, & dans cette penfée il avoit préparé le difcours fuivant qu'il devoit adreffer à Monfeigneur le Duc de Bourgogne.

MONSEIGNEVR,

Les Grecs, & les Romains n'auoient pas crû pouuoir mieux exprimer l'eftime qu'ils auoient pour leurs Souuerains, & les perfonnes illuftres de leurs temps, qu'en faifant graver des Medailles avec les portraits de ces Grands Hommes pour laiffer à la poferité aes marques folides, & durables de leur venération, & la memoire des plus Grands Hommes auroit peri avec eux fans le fecours que leurs Hiftoires ont trouvé dans les Medailles qui leur ont fourni des preuves de l'eftime que les peuples avoient pour leur vertu. Que n us ferons heureux, MONSEIGNEVR, fi vous voulez nous permettre que dans Vôtre Hiftoire, & dans celle de MONSEIGNEVR le Duc de Berry dont les prémices font deia fi glorieufes, il paroiffe que la Ville d'Avignon a voulu laiffer à la poferite des marques de fa venération pour Vous, en faifant fraper des Medailles à vos Coins que nous vous fupplions d'agreer comme une foible marque de nôtre reconnoiffance, de nos refpectueux fentimens, & de nôtre parfaite obeiffance.

Dés que le Corps de Ville fe fut retiré, celuy de l'Vniverfité fut auffi introduit à l'Audience. Monfieur de Tulle Chanoine de Saint Agricol auroit dû porter la parole au nom des trois Facultez en qualité de Primicier, mais s'étant trouvé mala de, Monfieur fon Frere Chanoine de la Metropolitaine s'acquitta de cette fonction avec beaucoup de fuccez, & fit le difcours fuivan t.

MONSEIGNEVR,

L'Vniverfité d'Avignon extremèment fenfible à la Gloire de la ROYALE MAISON DE FRANCE vient vous affûrer de fon profond refpect, & de fon Zéle. Mais fi ces fentiments nous font communs avec tous nos Citoyens, un motif particulier de reconnoiffance nous y engage, & c'eft MONSEIGNEVR, le bienfait fingulier que nous avons reçu de SA MAJESTE' TRESCHRE'TIENNE, laquelle par un effet de fa Royale Bonté a bien voulu confirmer à nôtre Corps fes plus beaux Privileges qu'on lui avoit, & fi long temps & fi vivement difputez.

Ainfi tout penétré des fentimens d'une iufte reconnoiffance, ie laiffe aux autres Odres de nôtre Ville à vous feliciter du glorieux avenement de MONSEIGNEVR LE DVC D'ANJOV, à la Couronne d'ESPAGNE, à louer dans vous cette grandeur d'Ame, ce Genie noble & heureux, ce cœur plein de Religion, & de Pieté, cette parfaite intelligence des fciences convenables à un

Grand

Grand Prince, & tant d'autres rares qualitez qui vous rendent le digne Fils de MONSEIGNEVR, & le Digne petit Fils de LOVIS LE GRAND.

Je laisse tout cela MONSEIGNEVR, à tant de bouches éloquentes qui s'expliquent aujourd'hui sur ces grands sujets en Votre presence, & ie ne me reserve pour partage que l'admiration & le silence sur ces prodigieux évenemens qui étonnent tout l'Vnivers, & qui nous ont procuré le glorieux avantage de voir dans les Estats du Saint Siege, deux des plus augustes Princes de la Terre, les Petits Fils du Fils Ainé de l'Eglise, du plus Religieux, comme du plus invincible Monarque du Monde.

Il ne me reste aprés cela, MONSEIGNEVR, qu'à vous supplier trés-humblement de vouloir honorer à l'avenir de votre Puissante Protection, une Vniversité illustre par son antiquité, & par les grands hommes qu'elle a produits, plus illustre encore par les Priviléges, & les Prérogatives que tant de Roys lui ont si liberalement accordez.

Ce sera là MONSEIGNEVR, une faveur veritablement grande pour nous; Mais que nous osons pourtant nous promettre de Votre Bonté, puisque Sa Maiesté dont Vous faites déia gloire de suivre les traces, ne nous a pas iugez indignes de recevoir d'elle méme un pareil bienfait.

Ce n'étoit pas la coûtume que l'Vniversité haranguât les Princes dans de semblables rencontres; mais elle s'y est crûe obligée dans celle cy parce que le Roy a eu la bonté de renouveller depuis peu ses priviléges, par raport à la France.

Pour ce qui est des Grands hommes qu'elle a formés, on en pourra bientôt voir la Liste dans le Docte Ouvrage que Monsieur de Cadecombe fait Imprimer.

Toutes ces Audiences étant données, Messeigneurs les Princes allerent sur les 4. heures du soir à la Catédrale pour assister à l'Office qui fut chanté sans Musique, comme le jour precedent, & aprés lequel ils allerent visiter le Paradis de la méme Eglise.

A leur retour ils furent complimentez par M. J. J. d'Obeilh l'Evéque d'Orange qui étoit venu de son Dioéése pour avoir l'honneur de leur faire la révérence. Ce sçavant Prélat leur fut présenté à la téte de son Chapitre, & adressant la parole à Monseigneur le Duc de Bourgogne luy dit.

MONSEIGNEVR,

L'Eglise d'Orange, l'une des plus anciennes des Gaules, charmée de l'Eclat de vos vertus, n'a pas voulu manquer de se trouver

E e

à votre paſſage , pour prendre part avec ſes voiſins au plus beau, & au plus agreable ſpectacle qui puiſſe arriuer dans ces Provinces.

Elle voudroit MONSEIGNEVR, avoir toute la politeſſe de la Grece , & toute l'éloquence de l'ancienne Rome dont ſes peuples ſont deſcendus pour pouvoir en des termes dignes de vôtre Naiſſance , & de vôtre Merite , vous exprimer plus heureuſement toute la vénération , & tout le reſpect qu'elle a pour vous , & pour vôtre Auguſte Maiſon , mais ſur tout pour le Prince incomparable qui gouverne la Monarchie Françoiſe.

Nos cœurs pénétrez de tant de graces que nous avons reçûës, & que nous recevons tous les iours du Roi le Protecteur de nôtre Egliſe , & le Defenſeur de la Foy & de la Religion que nous profeſſons , ont recours à vous MONSEIGNEVR, & vous ſupplient trés-humblement par cette bonté généreuſe qui vous eſt ſi naturelle, & qui vous fait regarder comme les delices de tous les peuples qui ont l'honneur de vous voir, de vouloir bien ſuplêer à notre foibleſſe, & de nous accorder non ſeulement l'honneur de votre protection, mais encore votre puiſſante mediation auprés de notre Grand Monarque pour qu'il lui plaiſe nous continuer ſes bontez extraordinaires.

Nous tacherons par la regularité de notre conduite, & par notre application continuelle à nos devoirs , de ne nous rendre pas indignes d'une ſi neceſſaire , & ſi forte interceſſion ; & nous vous proteſtons, MONSEIGNEUR que nous ne ceſſerons point tout ce que nous ſommes de Miniſtres de JESVS-CHRIST qui compoſons le corps de cette Egliſe , d'élever nos mains au Ciel , pour attirer ſur vous MONSEIGNEVR , ſur votre Auguſte Frere, & ſur toute la Maiſon Royale , par la ferveur de nos priéres, toutes les proſperitez , & les benedictions dont la main liberale & magnifique de Dieu puiſſe combler le Roy , & le Royaume.

A l'entrée de la nuit Monſieur le Viguier, Meſſieurs les Conſuls & Aſſeſſeur accompaguez d'un grand nombre de perſonnes de qualité allerent, aux Flambeaux, rendre viſite à Monſieur le Maréchal Duc de Noailles dans le Palais de l'Archevéché, où il logeoit. Ils en furent reçûs avec toutes les marques de diſtinction qui répondent à leur merite , & à la maniere obligeante dont ce Seigneur accompagne tout ce qu'il fait. Monſieur l'Affeffeur qui le complimenta en fut écoûté avec beaucoup de fatisfaction, & de témoignages d'une eftime particuliere. Au fortir de là, ces Meffieurs lui envoyerent le Préfent de la Ville qui confiftoit en Boëtes de Confiture & en gros Flambeaux de cire blanche.

LE JEVDY SAINT fe termina par un fpectacle propre à ce jour là. C'eft la coûtume de cette Ville que les Compagnies des Pénitents aillent en Proceffion, durant la nuit, *faire les Stations des Eglifes, & vifiter les Paradis.* Il y a fix de ces Compagnies établies à Avignon où elles contribuent à maintenir la Pieté, par beaucourp de bonnes œuvres dont elles font profeffion, & fans en faire icy le detail, on fçait en particulier quels font les fecours continuels que celle de la Miféricorde donne aux Prifoniers, & aux Criminels, &c.

Comme il leur falloit aller à Nôtre-Dame des Doms, elles entrerent toutes dans la grande Cour du Palais où Meffeigneurs les Princes eurent le plaifir de les voir paffer, avec une modeftie trés-édifiante; & d'autant plus admirable qu'elle ne fut derangée en rien par la multitude; Car on compte qu'il y avoit environ deux mille Pénitens, lefquels ayant tous des Cierges, ou des Flambeaux à la main, & étant accompagnez de plufieurs grands Fanaux qu'on avoit diftribuez dans les Compagnies, faifoient paroître tout en feu cette grande place qui s'étend depuis le Palais Apoftolique jufqu'à la Cathédrale, & formoient une efpece d'illumination ambulante, laquelle montoit, & defcendoit fucceffivement depuis le grand efcalier vers la plate-forme, & de là fe repliant vers le petit Palais, venoit difparoître devant l'Hôtel de la Monoye.

Ce que l'on peut remarquer icy au fujet de ces Compagnies. C'eft

I. Que la plus ancienne qui eft celle des Pénitens Gris a eu pour Fondateur & pour Confrere Loüis VIII. Roi de France, & pere de Saint Louis. L'Hiftoire d'Avignon nous aprend que ce pieux Conquerant après avoir retiré cette Ville du pouvoir des Albigeois, fit faire en action de graces, une Proceffion folemnelle où il fuivit à pied le Saint Sacrement en réparation des outrages faits à la Divine Euchariftie par ces Heretiques. Elle ajoûte que ce fut en cette occafion que commença cette Confrairie laquelle fut établie pour rendre éternelle l'Adoration du trés-Saint Sacrement, & c'eft apparemment pour favorifer cette pieufe inftitution que l'on a fait ce magnifique Tabernacle de Criftal dans lequel il repofe, & où l'on peut dire qu'il eft auffi continuellement expofé à l'Adoration des Fideles.

Ce que la Royale maifon de Bourbon a fait pour rétablir dans fon ancien Etat, par tout le Royaume, le Culte de l'Euchariftie, fait bien voir qu'elle a herité par cette endroit comme par plufieurs autres de la pieté de S. Loüis & de fon Augufte pere Loüis VIII. Mais ce qui doit avoir charmé toute l'Europe Catholique, c'eft cet admirable exemple que le nouveau Roi d'Efpagne Philippe V. vient de donner de la Pieté qu'il a puifée avec le fang de Bourbon, car ayant aperçû, tandis qu'il paffoit à cheval par les ruës de Madrit, un Prêtre qui portoit le Saint Viatique, ce Sage Monarque mit d'abord pied à terre, & s'étant fait donner un Flambeau, il le fuivit dans cet état jufqu'à l'Eglife. Le feu Roi d'Efpagne Charles II. avoit déja fait paroître une pareille devotion, & le nouveau Roi ne pouvoit pas mieux commencer à faire voir qu'il en eft le digne heritier.

II. La même Hiftoire raporte que la Reine de France Catherine de Medicis fe trouvant à Avignon, l'année mille cinq cens foixante & quatorze, & voyant les bonnes œuvres que faifoit la Compagnie des Pénitens Noirs, elle s'y fit infcrire. Ces Meffieurs ont un foin particulier d'aider les nouveaux Catholiques, & par-là ils contribuent dans ces quartiers à favorifer les Pieux deffeins du Roi.

III. La Compagnie des Pénitens Blancs reçût un pareil honneur du Roi Henry III. qui paffa prés de trois mois de fuite à Avignon l'an 1574. Et les Annales Ecclefiaftiques de Monfieur Sponde ajoûtent que c'eft fur le modele de cette Compagnie que fût inftituée celle des Pénitens Blancs de Paris l'an 1585.

Ce fut fans doute fur ces exemples que Meffeigneurs les Princes voulurent bien fe faire infcrire dans la compagnie des Pénitens Bleus, qui fembloient s'être difpofez à cet honneur par le foin qu'ils avoient pris de mettre à tous leurs Flambeaux les Armes de Meffeigneurs les Ducs de Bourgogne, & de Berry.

LE VENDREDY SAINT les Princes allerent encore à Nôtre-Dame des Doms pour affifter à l'Office qui fut celebré par Monfieur de Cabanes. La Paffion fut chantée par trois Chanoines felon la coûtume de cette Cathédrale, aprés quoi le temps de l'Adoration de la Croix étant venu, Meffeigneurs les Princes n'y voulurent aller qu'aprés que tout le Clergé eût paffé, ils étoient precedés de Monfieur l'Abbé Turgot Aumonier du Roy qui étoit en Rochet, & en manteau long, enfuite ils accompagnerent le Saint Sacrement dans le même ordre qu'ils l'avoient fait le Jeudy Saint.

Comme les Offices de la Semaine Sainte font fort longs, que le temps étoit froid, & qu'on ne préche pas dans cette Cathédrale à raifon de fa fituation peu commode pour cela, ceux qui devoient répondre de la fanté de ces jeunes Princes, ne jugerent pas à propos de les engager à aller entendre le Sermon de la Paffion dans les Paroiffes où l'on devoit la prêcher; mais la Pieté de Monfeigneur le Duc de Bourgogne lui fit penfer à fe procurer un Prédicateur dans cette Eglife pour le jour de Pâques. Le R.P. Martinot Jefuite fon Confeffeur lui ayant répondu qu'il n'auroit qu'à témoigner ce qu'il fouhaittoit là deffus, pour faire changer la coûtume. Ce Prince s'adreffa à Monfieur le Prévôt de Cabanes qu'il diftingua parmy un grand nombre de perfonnes de qualité qui le virent dîner, & lui dit qu'il vouloit un Prédicateur de fa main dans la Cathédrale, c'eft à quoi il pour-

vû

vût dés le même jour avec Monfieur Pertuis Vicaire Géneral. La Reconnoiffance & la verité m'obligent de dire ici que ce fut fur moy que l'on voulut bien faire tomber ce glorieux choix , auquel je tachai de répondre le moins mal qu'il me fut poffible.

Monfieur de Lange-Monmiral , Seigneur de Lubiere - Colla , Gouverneur de la Ville,& Principauté d'Orange ayant apris l'arrivée des Princes , vint à la téte de la Nobleffe pour les complimenter au nom de fon Maître felon l'ordre qu'il en avoit receu, & ayant été introduit à l'Audience par Monfieur des Granges , il leur préfenta tout ce qui étoit au pouvoir de fa Charge , en les invitant à paffer par Orange , où il les affeura qu'il avoit Ordre de leur rendre tous les honneurs poffibles. Monfeigneur le Duc de Bourgogne le chargea de remercier fon Maître , & lui dit que la route de fon voyage étoit déja reglée. On l'affeura enfuite que la Cour étoit fatisfaite de la conduite qu'il fçavoit tenir en fon Gouvernement, dans les conjonctures préfentes.

Sur les quatre heures Meffeigneurs les Princes affifterent à l'Office de Tenebres dans la Cathédrale.

LE SAMEDY SAINT ils affifterent à la Meffe. La joye de la Refurrection fut annoncée au bruit de la grande Cloche de cette Eglife, & de toute l'Artillerie. Avant que le célebrant entonna L'ALLELVYA du Graduel, le Diacre felon les inftructions qu'en avoit donné Monfieur des Granges , vint faire une profonde inclination à Meffeigneurs les Princes , & leur dit ces paroles.

ANNVNTIO VOBIS GAVDIVM MAGNVM QVOD EST ALLELVYA

On remarqua dans cette occafion ce qui fe pratiqua auffi dans toutes les autres,qu'aprés avoir encenfé Meffeigneurs les Princes , on n'encenfoit plus perfonne , & qu'aprés le dernier Evangile le Célebrant leur préfentoit toûjours à baifer le Corporal fur lequel il avoit confacré.

Ce jour-là le deüil de l'Eglife étant fini , l'Autel d'Argent de cette Metropolitaine parut chargé de toutes fes richeffes qui forment un Tréfor confiderable en Buftes , en Chaffes de Saints , & en meubles facrez.

Le foir nos Pieux Princes allerent entendre les Complies dans l'Eglife des Peres Celeftins dont le magnifique Monaftere eft de Fondation Royale. Ce fut fous le Regne de Charles VI. que le Duc de Bourgogne, & le Duc de Berry dont nous avons parlé au commencement de cet Apareil,étant venus à Avignon, dans le temps qu'il fe faifoit plus de Miracles au Tombeau du B. Pierre de Luxembourg leur proche parent, Ils mirent, au nom du Roi, la premiere pierre de l'Eglife de ces R.R. P. P. à qui on avoit confié le précieux dépôt du Corps de ce Saint. C'eft par cet heureux raport que commença la harangue du R. P. du Plan Prieur de ce Mona-

F f

ſtere qui eût l'honneur de recevoir Meſſeigneurs les Princes à la tête de ſa Communauté. Ils arriverent au bruit confus des Cloches, des Trompétes, & des Tambours, & à travers une vaſte Cour dont le frontiſpice étoit orné de pluſieurs rangs de feſtons de Laurier entrelaſſez de feüilles d'or, & relevez par les armes de France, aprés quoi ils furent conduits au milieu du Sanctuaire fous un riche Dais de Velours Noir à Fleurs de Lys d'Or. C'eſt la qu'ils entendirent auſſi le Salut chanté par la Muſique, & que parmy un grand nombre de Saintes Reliques, ils virent une partie de la veritable Croix de Nôtre Seigneur laquelle fut donnée à ce Monaſtere par René d'Anjou Comte de Provence, & Roi de Ieruſalem.

Ces R.R. PP. pour répondre à l'honneur qu'ils recevoient, ne ſe contenterent pas d'allumer un grand nombre de Cierges dans leur Egliſe, mais la nuit ſuivante, outre la belle illumination qui regna par tout le Monaſtere, Ils firent tirer beaucoup de fuſees detachées, & en Gerbes, & pour engager encore mieux le peuple à prendre part à leur Joye, Ils firent couler en faveur des Pauvres une Fontaine de vin à ſept jets, & obtinrent que les deux magnifiques Compagnies de l'Arc, & de l'Arbaléte fuſſent rangées en haye dans leur grande Cour, lorſque Meſſeigneurs les Princes y arriverent, ce qui ne manqua pas de faire encore un trés bel effet.

Sur les huit heures du ſoir Monſieur le premier Conſul alla voir ſouper les Princes, & donna les Ordres neceſſaires pour faire Joüer le feu d'Artifice dont la pluye, & le deüil de la Semaine Sainte avoient fait differer l'execution. Ce fut le ſpectacle qu'on leur donna dés qu'ils ſe leverent de Table.

LE TEMPLE DE L'IMPIETE

DEMOLI

PAR LE ZÉLE DES ROYS TRES-CHRE'TIENS

SVJET

DV FEV DE JOYE

FAIT A AVIGNON

DVRANT LE SEIOVR

DE MESSEIGNEURS LES PRINCES.

C'EST à la Pieté mieux qu'à toute autre vertu que doivent être élevés les Arcs de Triomphe, & les Obelisques; C'est aux feux, & aux flammes que doit être condamné l'Impieté. Tous les peuples & tous les Siecles luy ont vû souffrir ce châtiment; le Ciel, & la Terre ont conspiré à la détruire, mais il n'y a jamais eu de Princes qui ayent fait paroître tant de zéle pour cela, que les Rois trés-Chrétiens, zélez deffenseurs de la Religion.

L'Idolatrie, l'Infidelité, l'Héresie, & le Libertinage sont les quatre sources de l'Impieté, & comme les quatre Arcs boutans de ce Temple élevé contre la Loy du Seigneur, & le Culte du vrai Dieu.

C'est à détruire ces quatre Monstres que la Pieté de nos Roys fut toûjours occupée felon les differents âges de la Monarchie qui doit fon établiffemẽt, fa grandeur, fa durée, & fes progrez à la Religion de fes Maîtres; plus qu'à toute autre caufe.

Il ne paroiffoit rien dans ce Temple qui n'eut raport où à l'Impieté détruite, où à la Pieté Triomphante. Sous les Arcs qui le foûtenoient on voyoit une Montagne laquelle femblable au Mont Ethna y vomiffoit des feux & des flammes pour châtier les Impies. C'eft ce que faifoit entendre le Vers fuivant qui fignifie que l'Enfer même confpire, quand il en eft befoin, à vanger le Ciel.

VLTVRVS COELOS HVNC TATARVS EVOMIT IGNEM.

C'eft à quoi on crût pouvoir apliquer auffi cet endroit de l'Ecriture.

Ignem comburentem in terra ipforum.

Les Anciens ont imaginé que le fameux Encelade fut puni de fon Impieté par les Dieux qui lancerent fur lui le Mont Ethna. On jugea donc que toute la machine pouvoit porter fur de pareils Criminels écrafez. Là paroiffoit avec lui un Nembrod, un Mahomet, un Pelage, &c. qui furent tous fameux par leur Impieté. Il fortoit de leur bouche des feux & des Flammes que leur obftination leur fait encore vomir contre le Ciel.

C'eft fur eux que portoient les quatre côtez de ce Temple dont les Angles étoient foûtenus par autant de Termes.

Ces Termes étoient Mars, & Bellone d'un côté, Vulcain, & Proferpine de l'autre. Châcun d'eux étoit placé entre deux Colomnes creufes, faites en forme de Canon, & les Chapitaux des Colomnes avoient la forme d'un Mortier pour en faire fortir des feux d'Artifice. Ces Termes avoient pour Cafque des Pots à feu, & pour Bouclier des Roües à feu; On leur mit encore dans une main des Lances à feu qui Jouërent en leur temps.

Ces deux Angles étoient le modele des deux autres où les mêmes figures étoient répetées

Sur la Clef de chaque Arcade on laiffa la place d'un Cartouche pour l'infcription du deffein qui étoit ainfi expliqué.

ARIS, ET FOCIS PROSCRIPTA IMPIETAS,

VICTRICIBUS REGUM CHRISTIANISSIMORUM ARMIS,

Elle étoit alternativement Latine & Françoife; ainfi l'on voyoit fur une autre Arcade ces mots.

LE TEMPLE DE L'IMPIETE' DEMOLI,

PAR LE ZELE DES ROYS TRES - CHRETIENS.

La Frife qui regnoit fous la Corniche étoit chargée des Figures des inftruments à feu que les Anciens employoient dans leurs Sacrifices; Trépiez Encenfoirs, Pateres, Lampes, &c.

Sur

Sur la Corniche regnoit une Baluftrade dont châque pilier étoit terminé en forme de Pot à feu, pour éclairer la Machine également, & conftamment durant tout le temps que le feu brûla.

Sur les débris de ce Temple Démoli s'élevoit l'Autel de la Pieté. On lui donna quatre Faces qui étoient chargées des quatre plus grands évenements de l'Hiftoire de France, pour l'établiffement, & le progrez de la Religion.

Châque Face étoit terminée par un double rang de Colomnes dont les Chapitaux à l'exemple de ceux du Temple de Salomon étoient faits en forme de Lys, *Et fuper Capita Columnarum opus in modum Lilii.* On faifoit fortir de ces Chapitaux des Gerbes de Fufées qui formoient dans l'air des *Fleurs de Lys* de lumiere. ^{3. Reg. 7.}

Quatre Figures qui repréfentoient les quatre fortes d'Impieté dont nous venons de parler, étoient remplies de matiere à feux d'Artifice dont elles furent confumées après en avoir vomi inutilement une partie contre le Ciel, pour fignifier quel eft le fort des Impies. Ces Figures repréfentoient un Jupiter pour l'Idolatrie, un Cerbere pour le Libertinage, &c.

A chacun des Angles de l'Autel, on voyoit un de ces Cherubins que l'Ecriture nous depeint tous de feu & de lumiere. *Afpectus eorum quafi carbonum ignis ardentium, & quafi afpectus lampadarum.* Chacun de ces Genies fe détacha en fon temps pour aller mettre le feu à la Figure de Iupiter, ou de l'Hydre, ou du Cerbere qui répondoit à fon côté. Il y avoit là dequoy accomplir ce que dit l'Apocalypfe, de cet Ange qui fortit de l'Autel, & qui avoit pouvoir fur le Feu.

ANGELUS EXIVIT DE ALTARI QVI HABEBAT POTESTATEM SVPER IGNEM.

L'Autheur du Lys Sacré a comparé le Pieux Roy Clovis, Saint Charlemagne, Saint Louïs, & Louïs le Jufte, aux quatre Cherubins d'Ezechiël; felon cette idée, le premier de ces Cherubins pouvoit icy repréfenter Clovis qui renverfa les idoles de Iupiter, & que fa mere Baffine vit en fonge, fous la forme d'un Lyon. Le fecond repréfentoit Charlemagne qui joignit l'Aigle de l'Empire aux Fleurs de Lys, & qui vola comme une Aigle par tout où le zéle de la Religion l'apelloit. Le troifieme, Saint Louïs qui s'immola comme une victime de Pietè, & porta la defolation dans les Terres des Infideles. La quatriéme Louïs le Iufte qui a commencè la ruine du Calvinifme.

Au tour de l'Autel, on voyoit une Baluftrade garnie de Pots à feu, en formes de Vafes. Les Vafes de Gedeon furent remplis de feux, & fervirent à la gloire de la Religion, on les diftinguoit icy par ces mots de l'Ecriture.

LAMPADES EJVS LAMPADES IGNIS, ATQVE FLAMMARVM.

Sur le milieu de l'Autel paroiffoit élevé le Genie de la Pieté Chrétienne, tenant d'une main un glaive enflammé duquel on voyoit pleuvoir des feux

Gg

fur le Temple de l'Impieté. A l'autre main il avoit en forme de Bouclier l'Ecuſſon des Armes de France, acollées à celles de l'Eglife avec ces mots de l'Ecriture.

INFLAMMABIT IN CIRCUITU INIMICOS EJUS, FULGURA MULTIPLICAVIT, ET DISSIPAVIT EOS.

Ce Bouclier brilla ſans ceſſe d'un feu doux & agreable.

On voyoit encore ſur la Cotte d'Armes de ce Genie, un Soleil éclattant de lumiere, pour ſignifier que toute la Pieté des Anciens Rois de France éclate dans la perſonne du Roi qui a le Soleil pour Symbole. *Sæculum noſtrum in illuminatione vultus tui.* Ce Genie étoit repréſenté ſous la figure d'un Saint Michel qui eſt tout enſemble le Protecteur de l'Eglife Militante, & celui de la France dont les Roys lui ont conſacré un ordre de Chevalerie.

DECORATION
DE LA MACHINE DV FEV D'ARTIFICE
PREMIERE FACE
L'IDOLATRIE DE'TRVITE DANS LA GAVLE.

Clovis travailla dépuis ſon Bâtème à détruire le Culte des Idoles dans ſa Nation, ſelon l'ordre qu'il en avoit reçû de Saint Remy Evéque de Reims. *Incende quod adoraſti, adora quod incendiſti.* Jettez au feu les Idoles que vous avez adorées, &c.

C'étoit le ſujet de l'Embleme Hiſtorique qui paroiſſoit ſur la premiere Face de l'Autel de la Pieté.

Dans les Entre Colomnes paroiſſoient en Medailles de Bronze, les Portraits du Roi Childebert que le Cardinal Baronius regarde comme un autre Melchiſedec pour avoir reüni dans ſa perſonne le zéle du Sacerdoce, avec la Majeſté des Roys. De Clotaire ſecond, & de Clovis ſecond qui continuerent de rendre la Gaule Catholique, d'en bannir les Idoles, & d'élever ſur leurs debris de magnifiques Egliſes; de Pepin qui renverſa les Idoles dans la Veſtphalie. Tout cela deſignoit les ſoins qu'Henry le Grand a pris pour établir la Religion Catholique dans le Canada. Ceux que le Roi a pris d'envoyer des Miſſionaires à Siam, & à la Chine répondent au zéle de ſes illuſtres Prédeceſſeurs.

L'Idolatrie détruite étoit repréſentée ſous la figure d'un Jupiter renverſé de deſſus ſon Aigle, avec la foudre qui étoit abatuë, après avoir inutilement lancé quelque feu contre l'Autel du vrai Dieu, & dans ſa chûte elle ſembloit dire ces Vers de Seneque.

In laudes suas, mea vertit odia,
Iraque nostra fruitur , & toto DEVS .... Narratur orbe.

Dans les deux Camayeux qui étoient à côté de cette Statuë, on voyoit d'une part l'Idole de Moloc toute en feu, telle qu'elle étoit durant les impies Sacrifices qu'on lui faisoit : avec ce mot.

SUIS ARDET INCENDIIS.

Il perit par ses propres flammes.

Et de l'autre, on voyoit depeint l'embrasement du Pantheon de Rome où le feu consumoit plusieurs Simulachres de Fausses Divinitez.

INQUE DEOS FURIT.

Pour vanger le vray Dieu, ie détruis les Idoles.

DEVISES.
I.

LA foudre tombant sur un Temple de faux Dieux, avec ces mots.

COELO MILITAT.

Il fournit pour le Ciel de redoutables Armes.
II.

Une autre foudre qui tombe sur un Chaîne que les Druides des Gaules consacroient à leurs fausses Divinitez , ce mot faisoit l'Ame de la Devise. **EXPIAT AVT OBRVIT.**

Il l'abat, ou le purifie.

Les Anciens croyoient que la foudre purifioit les lieux où elle tomboit. On a consacré au vray Dieu plusieurs Temples où l'on avoit adoré des Idoles. ### III.

L'éclair de la foudre sortant d'une nuë avec ce mot de l'Evangile.

PARET VSQVE IN ORIENTEM.

Jusques dans l'Orient, il porte sa lumiere.

C'est dans les Royaumes de l'Orient que la lumiere de l'Evangile a paru dans ce dernier Siecle. ### IV.

Le Carreau de la foudre qui renverse un Bastion.

FRANGIT INACCESSA.

Il détruit des Forts imprenables.

Le Pape Hormisdas donna au Roi Clovis le Titre de Roy trés-Chrétien que Loüis le Grand,& ses Ancétres ont toûjours soûtenu avec toute la Dignité possible.

SECONDE FACE
DU FEU DE JOYE.

L'IDOLATRIE COMBATUE.

Dans le huitiéme Siecle la France fe vit innondée d'une prodigieufe Armée de Sarazins. Charles Martel les défit à la journée de Tours,
où il en refta fur la place prés de cent mille. Enfuite il les vint chaffer
d'Avignon. Pepin les chaffa de Narbonne, & du Languedoc. Charlemagne les répouffa jufqu'aux extrémitez de l'Efpagne, & fut le feul Prince
Chrétien, comme le remarque Baronius, qui s'oppofa à ce torrent de
Mores qui aprés avoir envahi la Sardaigne, & l'Isle de Corfe menaçoient
l'Italie, & le Saint Siege.

Videas ex his lector, quantù Chriftianus orbis debeat Carolo Magno qui Solus exundanti ab Oriente in Occidente torrenti, ne univerfam obrueret Chriftianitatem obicem, fe oppofuit validiffimum. Baron. t. 9. an 790.

Quelques Siécles aprés nos Roys voulant rétirer les lieux Saints de la
domination des Sultans, entréprirent ces fameufes Croifades qui firent
refpecter le Nom de JESVS-CHRIST, & rendirent terrible celui des
Chrétiens, dans toute l'Afie; par les Conquétes que fit dans la premiere,
avec Godefroy de Boüillon, Huges le Grand frere de Philippe premier,
Loüis VII. dans la feconde, Philippe Augufte dans la troifiéme, &c.
Guerres vraymént Saintes que Saint Loüis confacra enfuite par fes travaux,
& par une mort qui valut prefque un Martyre.

Les Medailles de ces pieux Conquerants étoient attachées à des Feftons pendants qui regnoient dans les Entre-Colomnes.

La gloire du Saint Sepulchre que Henry le grand a maintenu, malgré la
conjuration des Iuifs qui offroient au Grand Seigneur un million & demy pour le faire démolir; la converfion de foixante, ou feptante mille
Maronites dont il procura la réunion à l'Eglife Romaine; les Expeditions
de Candie, de Gigeri, d'Alger, de Tripoli, de Salé, que le Roi a fait
faire pour dompter l'orgüeil de l'Ottoman, & vanger les Efclaves Chrétiens,
ont maintenu la Maifon Royale en poffeffion de battre les Infideles, fous le
Regne des Bourbons.

L'Infidelité étoit repréfentée en Relief fous la figure de cet Animal My-
fterieux, ou pour mieux dire, Monftrueux que Mahomet a décrit dans fon
Alcoran. Les fept Cornes qu'il lui attribuë, étoient remplies de feux d'Artifice qui cederent aprés quelque temps à un Feu fuperieur que lançoit fur
lui le Genie de la Pieté. C'eft ce jufte châtimént qui lui étoit marqué par
cette Infcription.

Fruftra Lubrica, Tortuofa fruftra,

In quafcumque abeat dolofa formas,

Qᴺᴼˢ·

Quoscumque induat, exuatque vultus,
Vrenda ignibus, amputanda ferro.

La delivrance de la Ville d'Avignon reprise par Charles Martel, sur les Sarrazins, étoit peinte dans le Tableau du milieu, à côté duquel on voyoit d'une part, l'embrasement de cent cinquante Navires que Jean de Bourbon Comte de la Marche, Pere du Tris-ayeul d'Henry le Grand, prit ou brûla aux Mahometants.

HVIC VNI POTVIT SVCVMBERE.

Et de l'autre, les Vaisseaux d'Alger qu'une de nos Escadres canona dans le Port de Scio, il y a quelques années, avec ce mot de la Medaille qu'on fit frapper sur ce sujet.

PROMISI VLTOREM.

DEVISES.

I.

VN Croissant de Lune qui disparoit à mesure que le Soleil s'avance sur l'Horison, avec ce mot.

PALLET AD ASPECTVM MELIORIS.

Un Astre plus brillant, vient ternir sa lumiere.

Les Mahometans sont persuadez que l'épée des François leur doit être fatale, ils l'ont éprouvé en particulier sous Louïs le Grand à la bataille du Raab.

II.

Pour exprimer les maux infinis que la Secte de Mahomet a causé au Monde, une Bombe chargée à Cartouche, & lancée dans les Airs.

MINATVR FOETA MALORVM.

De mille maux, son sein est la funeste source.

III.

La desolation que cette cruelle Loy porte dans tous les pays où elle s'établit, étoit designée par le Carton à demy brûlé d'une fusée qui a fait son effet, avec ce mot.

LASSO DEFECTA FVRORE.

De ses premiers transports, tels sont les tristes restes.

IV.

Vn boulet de Canon qui est lancé dans une Armée où l'on est en ordre de Bataille.

PER TELA PER IGNES,

Par les traits, & les feux, il sçait se faire iour.

Ce fut par la voye des Armes que l'impie Mahomet établit d'abord sa Secte dans l'Arabie.

H h

TROISIEME FACE
DU FEU DE JOYE.
LE LIBERTINAGE REPRIME'.

IL eſt de l'interêt d'un Eſtat que l'on en baniſſe le Libertinage , dit Saint Grégoire dans une de ſes lettres au ROI Thyerry. *Regno per omnia proficit , ſi quod contra Deum geritur, emendatione corrigatur.* C'eſt ce qu'ont obſervé nos ROYS par les rigoureux Edits qu'ils ont fait contre les Libertins.

Les uns comme Charlemagne ont pourvû à la Diſcipline Eccleſiaſtique, les autres comme ſaint Loüis , ont deffendu les Cabarets dans les temps du ſervice Divin. Ils ont deffendu le Duël , & le blaſpheme ſous de trés griéves peines. Philippe VI. , & Charles VII. Henry II. & Charles IX. ont ordonné qu'on appliquât le fer , & le feu, ſur les langues impies qui auroient renié le Nom de Dieu, ou de la ſainte Vierge.

Les Medailles de ces Roys étoient en Bronze dans les Entre-Colomnes.

L'homicide, le Poiſon , la Magie ont eſté châtiez avec une ſeverité inflexible, ſur tout par Henry le Grand, Loüis le Juſte , & Loüis le Grand.

Le bon ordre que le ROI a établi dans ſes Armées : les moyens qu'il leur fournit ſur Mer , & ſur Terre de pratiquer la Pieté , ſont des preuves conſtantes de celle de ce Grand Monarque.

Le Libertinage étoit repréſenté en relief par le Cerbere dont les trois têtes jettoient d'abord une grande quantité de feux d'Artifice, & enſuite étoient conſumées par une pluye de feu qui ſortoit de l'Autel de la Pieté. C'eſt à quoi l'on appliquoit ces Vers imitez de Seneque.

. . . . . . Viribus tractum Canem ,

Irâ furentem, & bella tentantem irrita ,

Intulimus orbi. Tum ſub Herculea caput.

Abſcondit umbra . . . .

Le Pieux Enée portant ſon Pere Anchiſe pour le fouſtraire à l'Incendie de Troye, ſervoit ici d'Embleme pour repréſenter le ſecours que Loüis le Ieune donna au Pape Eugene III. qu'il préſerva du ſuplice du Feu que lui vouloit faire ſouffrir l'Empereur Frideric pour maintenir l'Antipape Octavien ſur le Thrône de ſaint Pierre , oû il l'avoit élevé par une faction de Libertins.

A l'un des côtez de ce Tableau l'on voyoit peint en Camayeu, les Renards que prit Samson pour porter le dégat avec le feu dans la moisson de ses ennemis,& de l'autre les Viperes que saint Paul jetta dans le feu en en secoüant son bras, comme le marquent les Actes des Apôtres, sur son arrivée dans l'Isle de Malte, où les Vipéres n'ont plus fait de mal depuis ce temps-là. Ces deux Emblemes signifioient que les Libertins sçavent joindre la ruse, & l'artifice du Renard au venin, & à la cruauté des Vipéres, & que par ces deux endroits, ils causent à l'Etat des maux infinis qu'on ne peut souvent arréter que par le suplice du feu.

DEVISES

I

L'Vn de ces feux qu'on appelle *Ardens*, & qui conduisent dans les précipices. l'Ame de la Devise étoit dans ce mot qui fait le Caractere du faux brillant que les Libertins font paroître dans leurs Maximes scandaleuses.

PRÆLVCET IN AVIA.

S'il brille, c'est pour perdre, ou pour faire égarer.

II.

Vn Papillon qui se brûle à la Flamme autour de laquelle il aime â voltiger.

BREVIS, ET DAMNOSA VOLUPTAS.

Que l'on souffre de maux pour des plaisirs si courts?

III.

Des Serpents qui se jettent dans le feu pour fuir le Fresne dont ils ne peuvent souffrir l'odeur.

FVROR EGIT IN IGNEM.

Ainsi court á sa perte une aveugle fureur.

C'est bien souvent le sort des Libertins de s'attirer une mort precipitée par leurs desordres.

VI

La foudre qui tombe sur des Rochers élevez.

IN DVRA IN QVE ALTA MAGIS.

QVATRIEME FACE
DU FEV DE IOYE.
L'HERESIE E'TEINTE.

LA plus folide Gloire du Thrône François, c'eſt d'avoir conſervé durant l'eſpace de douze Siecles la pureté de la vraye Religion, par le ſoin qu'ont pris nos Rois d'étouffer les Héreſies dans leur naiſſance, ou dans leur progrez.

Loüis le Debonnaire, & les autres Rois de France qui gouvernerent l'Empire, fuſent élevez à cette haute Dignité, en vûe de la guerre ouverte qu'ils faiſoient à tous les Hereſiarques. Le Roi Robert employa le châtiment du feu pour les exterminer. Que ne fit point un Henry I. contre Berenger, Loüis VIII. & Saint Loüis contre les Albigeois?

C'eſt à leur exemple que François I. Henry II. Henry III. Henry le Grand, Loüis le Juſte, & Louïs le Grand ont, comme par une inclination Hereditaire, combattu l'Herèſie, perſuadez de cette ſage Reflexion du Cardinal Baronius, dont tous les Souverains ſe doivent faire une Maxime inviolable, que *Dieu ne protege iamais mieux les Royaumes, que lorſque les Rois ſont les Protecteurs déclarez de l'Egliſe.* C'eſt ce que ſembloient confirmer ces Pieux Monarques dont les Medailles étoient rangées dans les Entre-Colomnes de cette Face.

Probè ſciens tum reddi ſibi Deum propitium ad debellados infeſtos hoſtes, cum emergentes Hæreſes comprimuntur; &c. Baron. de Henr. 1. an. Chr. 1035.

L'Hereſie paroiſſoit icy abatuë ſous la forme de l'Hydre, dont les ſept Têtes étoient conſumées, après avoir en vain jetté quantité de Flammes qui retombant ſur elle, avec celles que lançoit le Genie de la Pieté, avoient achevé de la detruire, comme le marquent ces Vers.

Manu Pontificis, manuque Regis,

Combuſta ignibus, amputata ferro,

Divis Auſpicibus, favente Cælo,

Sanctis plauſibus, Orbis univerſi,

Longas perfidiæ datura pænas,

Jam ſuo occidit, & crepat veneno,

Infælix Hydra, multiplexque Monſtrum.

Le Grand Tableau repréſentoit le châtiment exemplaire que le Roi Robert fit faire de deux Herétiques obſtinez, Heribert & Liſoyus, qui perirent par le feu avec pluſieurs autres.   L'un

L'un des Bas Reliefs dont cette Embleme étoit accompagnée, repréfen-toit un Berger qui met le feu à la Taniere d'un Renard, pour l'en faire for-tir. Symbole des juftes & fages rigueurs que l'on eft fouvent contraint d'exercer envers les Herétiques obftinez.

INSEQUITVR FLAMMIS, ET FVMO VINDICE.

Dans l'autre BAS-Relief, on voyoit la Religion qui Purifioit un Tem-ple. Elle tenoit d'une main un encenfoir dans lequel le zéle mettoit des Charbons allumez. Ce mot fignifioit que les chofes profanes peuvent fer-vir aux Myftéres facrez, quand la Religion les a purifiées.

SIC PROSVNT IMPIA SACRIS.

DEVISES.

I.

LE Soleil dans le Zodiaque, où il pourfuit conftamment fa route à travers ces Monftres qu'on y depeint.

NON MONSTRA MORANTVR.

Tous ces Monftres armeʒ ne ſçauroient l'arréter.

Loüis XIII. & le Roy ont entrépris d'éteindre le Calvinifme, fans fe mettre en peine des efforts que l'Heréfie, la Rebellion, & la Difcorde pourroient faire contre eux.

II.

Vn éclair qui part des nuès, & qui porte la lumiere, avec les mena-ces.

ILLVMINAT DVM MINATVR.

Il ménace, mais il éclaire.

Les Salutaires inftances qu'on à faites aux Huguenots, les ont obli-gez de fe faire inftruire de la verité de nôtre Religion.

III.

Pour defigner les penfions que le Roy fait aux Nouveaux Catholiques.

La Rofée qui tombe aux premiers Rayons du Soleil, aprés quelques éclairs, avec ce mot.

FVLGVRA IN PLVVIAM FECIT.

Au menaçant éclair, fuccede la Rofée.

La Retraite des Miniftres Proteftants qui font fortis du Royaume, étoit defignée par des Oyfeaux de nuit qui fuyent devant le Soleil, dont ils ne peuvent fouffrir la lumiere.

LVX INIMICA FVGAVIT.

D'un Aftre fi brillant, l'éclat les incommode.

Ecce petunt tenebras , Jam lux inimica fugavit ,

Turbaque , teſtem odit , noctis amica diem.

Au deſſus de l'Autel , & derriere le Génie de la Piété , s'élevoit une Colomne de feu , laquelle repréſentoit celle des Enfants d'Iſraël , avec ces mots dont François II. fit ſa Deviſe.

LVMEN RECTIS.

Les bons y trouvent leur lumiere.

Au tour du Soleil qui paroiſſoit ſur la côte d'armes du Génie de la Pieté, on liſoit ceux cy.

ERRORIBVS OBSTO.

Par tout ie m'opoſe à l'erreur.

C'eſt ce qu'à fait le Roi en qui ſe peut reünir tout le ſujet de ce Feu de Joye, puiſqu'il a contribué à détruire l'Idolatrie dans l'Aſie , & dans l'Amerique , l'Infidelité dans l'Affrique , l'Hereſie , & le Libertinage dans l'Europe. C'eſt a quoi l'on pouvoit appliquer ce Diſtique.

Nec mora, nec Requies , ſine fine erroribus obſto ,

Erranteſque rego , me Polus ipſe regit

Tel étoit le deſſein du Feu de Joye, dont l'Artifice fut conduit par le Sieur Germain. Parmi les differentes ſcénes qu'il donna , on vit partir en divers temps des quatre côtez de ce Temple , des Girandoles de Fuſées qui par leur Grand nombre faiſoient paroître tout l'Air en feu , & par leur figure formoient des Arcs de lumiere.

Afin que Meſſeigneurs les Princes puſſent joüir plus commodément du plaiſirde ce ſpectacle , on avoit élevé la Machine de ce Feu, vis-à-vis de leurs Appartemens , ſur la Plate Forme de l'Egliſe de Saint Pierre.

LE JOVR DE PASQVES, Meſſeigneurs les Princes allerent dés les ſept heures du matin à la Catédrale pour y faire leurs devotions : Ils étoient en habit de céremonie , revétus du Manteau , & du Grand Collier de l'Ordre , & ils communierent par les mains de Monſieur l'Abbé Turgot Aumônier du Roi. Comme cet Abbé ne pouvoit pas dans l'Etat de Celébrant porter le Miſſel à Meſſeigneurs les Princes , pour le leur donner à baiſer , ny leur préſenter les Hoſties qu'ils devoient faire conſacrer , Ce fut le R. P. Martinot leur Confeſſeur qui le fit en ſa place.

Le reſte de la matinée fut employé à communier les Seigneurs , & autres gens de la Cour, pour leſquels Monſieur le Vicaire Général avoit nommé des Confeſſeurs Jeſuîtes.

Les Princes s'étant retirez pour quelque temps, ils revinrent à la grande Messe. Outre les Aumônes qu'ils firent eux-mémes, Monsieur le Maréchal Duc de Noailles, & Monsieur l'Abbé Turgot en distribuerent ce jour-là de trés magnifiques par leur ordre. L'aprés dîner ils allerent à la Catédrale en carrosse, dans lequel ils firent entrer Monseigneur le Vice-Legat, qui eut la premiere place aprés la leur; ils entendirent le Sermon, & les Vépres avec des marques d'une Pieté édifiante, que l'on ne pouvoit se lasser d'admirer, & le peuple d'Avignon les comblant de benedictions, rappelloit avec un singulier plaisir, la mémoire de ce qu'il avoit vû faire au Roi, dans cette ville, en pareille occasion, il y a quarante ans. Ce fut encore Monsieur de Jarente Cabanes qui officia ce jour-là, à la grande Messe, & aux Vépres, aprés lesquelles Messeigneurs les Princes sortirent par la grande Porte, ce qu'ils n'avoient pas encore pû faire, à cause du mauvais temps qui regnoit depuis quelques jours.

Par cet endroit le Peuple eût le plaisir de les voir commodément sur le Perron de la Catédrale, & la Cour y pût voir elle méme trois choses dignes de son attention.

1. La Decoration du Vestibule, & du Frontispice de cette Eglise, avec une inscription Latine, & fort ample, où Monsieur du Pont l'un des Chanoines de cette Catédrale, avoit exposé en beaux termes, les sentiments de respect, & de gratitude de Messieurs ses Confreres envers le Roi, & ses Augustes petits Fils.

II. Vn Chef-d'Oeuvre en Fresque du Célébre Simon Memmy, dont l'Epitaphe que l'on voit à Sienne, parle comme du plus célébre Peintre que l'on eût jamais vû, & que le Pape Jean XXII. appella à Avignon C'est un Saint George representé à cheval, d'une maniere si belle, que le Roy François I. le voyant, en fut charmé. On voit au pieds du S. une Femme à genoux, qui est le veritable portrait de Madame Laure si connuë parmy les sçavants par sa pudeur, par son esprit, & par les Vers de l'illustre Petrarque: elle étoit de la Maison de Monsieur le Marquis de Sade qui se trouvoit actuellement premier Consul de cette Ville, & qui depuis en à été nommé Viguier par Nôtre Saint Pere le Pape.

Simoni Memmio Omnium, omnis Ætatis Pictorŭ celeberrimo.

III. La belle vûë que l'on découvre du côté de Ville-Neuve, & de la Citadelle de S André, separée d'Avignon par le Rhône, & par quelques Isles Cette forteresse est situeé sur les agréables Côteaux du Languedoc qui forment une espece de Perspective au perron de cette Eglise, lequel fut reparé par le Cardinal Pierre de Foix, l'un des plus Pieux Ancétres de Messeigneurs les Princes, comme je l'ai déjà dit.

LE SANCTVAIRE ET LE PARNASSE
ECLATANS DES BIEN-FAITS
DE LOUIS LE GRAND
ET DE LA ROYALE MAISON
DE BOVRBON.

SVJET DE L'ILLVMINATION FAITE PAR LES P.P. de la Compagnie de JESVS, durant le seiour de Messeigneurs les Princes à Avignon.

CE College qui a formé les Sallians & les Lorins si connus parmy les Sçavans, & le grand Missionaire de la Chine le Pere Favre, fut fondé sous le Pontificat de Pie V. par Messieurs les Consuls qui donnerent d'abord pour son établissement le Palais de la Motte du Cardinal de Brancas. Ce Palais l'un des plus beaux, & des plus élevez de la Ville, est entouré de crenaux dont les ouvertures étoient garnies de Pots à Feu, & de tout ce qui peut servir à rendre une illumination plus agréable. A chaque Crenau l'on voyoit éclatant de lumiere le nom de quelqu'un des Colléges fondez par le Roi, par Louïs le Juste, ou par Henry le Gránd. C'est ce qui est icy designé sous le nom du Parnasse, & ce même dessein engageoit à mettre au tour de l'Eglise de ce Collége, les noms de celles que ces Grands Princes ont fait bâtir. C'est sur quoi *la Compagnie de IESVS* exprimoit au Roi ses sentimens de reconnoissance.

LA COMPAGNIE DE JESVS
AV ROY.

GRAND ROY de tes Bienfaits j'orne mon Sanctuaire,
Et dans l'heureuse France, & dans tout l'Vnivers,
Tous ces vastes Climats que le Soleil éclaire,
Ont de ta Pieté cent monuments divers;
Pour toy ma gratitude à bien tant de matiere,
Qu'elle doit se produire en tous lieux, en tous temps,
Que ne puis je trouver des traits plus éclatans,
Pour mettre tes bienfaits, & mes vœux en lumiere?

Les Eglifes de la Maifon de Saint Loüis à Paris , celles de Maftrik , de Grenoble , de Vienne , &c. Les Seminaires de Toulon , & de Breft. Les Colléges de la Fléche , de Pau , de la Rochelle , d'Aix , de Poitiers , de Strasbourg , de Sedan , & un grand nombre d'autres , font des effets de cette magnificence Royale , pour laquelle nous ne fçaurions jamais avoir affez de gratitude. C'eft fur quoi l'Eloquence , la Poëfie , l'Hiftoire , & les autres Arts Liberaux qui font l'Ornement du Parnaffe , marquoient ici leur Emulation en faveur de Loüis le Grand, leur incomparable Protecteur.

LVDOVICO MAGNO
MVSÆ AVENIONENSES.

Aufpiciis , Lodoice , tuis concordia difcors ,

Nos facit unanimes , noftraque corda rapit.

Quælibet ARS , proprio veneratur munere Patrem ,

Abftrufafque tibi fundere gaudet opes.

Mille , tuos Helicon , Linguis , commendat honores :

Has tamen in Laudes , ARS , procul omnis abeft.

Ce font les Princes les plus Pieux qui ont auffi été les Protecteurs les plus déclarez des Sciences. Ils fçavoient de quel fecours elles font à la Religion pour la deffendre , & la faire Fleurir. C'eft ce que publient les Vniverfitez , & les Colléges fondez dans cette vûë , par Charlemagne qui fit élever fon Fils dans les Sçiences.

Hugues Capet y fit auffi inftruire fon Fils Robert qui lui fucceda, & que le Concile de Limoges appelle le plus docte de tous les ROYS , *Regum Doctiffimus.* C'eft même à ce ROI auffi PIEUX que Sçavant que l'EGLISE doit plufieurs de fes Hymnes.

Loüis VII. fut l'un des plus Grands Reftaurateurs des Sçiences : Il y fit élever fon Fils Philippe , il fit de grands honneurs aux Sçavans qu'il avança felon leur merite. Philippe Augufte hérita de cette Royale inclination, & fa protection attira à Paris , des Sçavants , & des Etudians de toutes les Provinces de l'Europe. *Propter honorem quem Philippus earum Profefforibus ,exemplo Ludovici Patris deferebat.* V. Lys Sacré.

François I. & Charles IX. n'aimoient pas feulement les belles Lettres , mais ils les cultivoient. Témoins les Vers qu'ils ont compofez.

Mais ce qu'Henry le Grand, Loüis le Jufte , & Loüis le Grand ont fait pour établir des Academies , dans prefque toutes les Villes confiderables de leur Royaume ; L'honneur que le Roi a fait aux Mufes de leur confier l'Education de Monfeigneur le Dauphin , & de fes petits Fils Meffei-

K k

gneurs les Princes , fait voir que la Royale Maiſon de Bourbon ne negli-
ge rien pour conſerver,& faire Fleurir la Religion , dont les Sçiences ſont
l'ornement , & l'Apuy,

Pour les divers endroits de l'Illumination on avoit diſpoſé diverſes Inſcriptions en Proſe , & en Vers qui faiſoient Alluſion aux favorables cir-
conſtances du lieu , & du temps , que l'on avoit en vûë dans cette Féte.

Par raport au Saint jour de Pâques , & à la nuit de la Reſurrection , on
avoit fait choix de quelques Paroles de l'Ecriture ou des Saints Peres pour
les faire regner en forme d'inſcription au tour de l'Egliſe.

*Illuminare Jeruſalem quia venit lumen tuum , & Gloria Do-
mini ſuper te orta,eſt : Hæc nox eſt , de qua ſcriptum eſt , & nox ſicut Dies illuminabitur , & nox illuminatio mea in deliciis meis.
Gaudeat tellus tantis irradiata fulgoribus , &c.*

CLEMENS VNDECIMVS

NOVUM

ECCLESIÆ SYDVS.

C'eſt Nôtre S. Pere le Pape Vicaire de Jeſus-Chriſt,qui préſide à toute l'E-
gliſe. L'Etoile de ſes Armoiries étoit un endroit trop favorable pour n'entrer pas dans ce deſſein , avec ces Vers qui en ſont l'application à ce ſujet.

Clementis Aſtri propitius favor ,

Alto coruſcans ex Capitolio ,

Arcana terrarum Benigno ,

Interius penetrat favore.

Clemens Latinis ſedibus excubat ,

Et purpuratorum agmina Principum ,

Hinc inde , ſicut inter Ignes ,

Sol rapitur medius , minores.

Sic Agnus ille irradiat locum ,

Qui civitatem ſtelliferam regit ,

Sic turba divorum Beatis ,

Elyſium radiis colorat.

Le deſſein de l'illumination du Parnaſſe étoit accompagné de pluſieurs
Deviſes qui regardoient le Roi.

Vn Soleil dans un Ciel étoilé faiſoit voir que cet Aſtre a plus de lumiere
lui ſeul que tous les autres.

NON PRÆSTANT MILLE QVOD VNVS.

Tant d'Astres reünis brillent moins que lui seul.

Vn Soleil qui remplissoit de ses Rayons le Globe de la Terre, avec ce mot.

TOTO SPLENDESCIT IN ORBE.

Par sa lumiere il peut fournir au Monde entier,

Malgré tant de climats divers,

Il ne faut au double Hemisphere

Que ce bel Astre qui l'éclaire,

Et qu'un Louis à l'Vnivers.

La Colomne de feu qui servoit à conduire le Peuple d'Israël, servoit icy à faire comprendre le secours que le Nations étrangeres tirent des lumieres du Roi pour leur conduite.

HINC LVCEM GENTES REPETVNT.

Heureux sont les Estats qui suivent ses lumieres.

Les Cartouches que l'on employe dans les illuminations peuvent représenter ces Vases dont les Soldats de Gedeon eurent ordre de s'armer, aprés y avoir enfermé des Lampes. L'Ordre du Ciel fut executé, & la lueur inesperée de ces Lampes venant à frapper tout à coup les yeux des ennemis, les remplit de terreur, & les mis en fuite. La lumiere de ces Lampes faisoit le Corps d'une Devise, & ce mot en faisoit l'Ame.

VICTOREM PRÆIT ILLA DVCEM.

Augure fortuné d'une sûre Victoire

Déia l'éclat de tant de Gloire,

E'tonne nos fiers Ennemis,

Et ce présage leur veut dire,

Que le Ciel asseure l'Empire,

A l'Incomparable LOUIS.

Durant la nuit le Soleil éclaire beaucoup de Provinces, & de Royaumes qui sont de la Couronne d'Espagne, & Philippe V. peut dire aujourd'huy ce que disoit un de ses Prédecesseurs, *Que le Soleil ne se couche iamais pour luy. Sol mihi nunquam occidit.* Le Soleil paroissoit icy éclairant ces Païs avec ce mot.

TERRIS JAM LVCET IBERIS.

Il répand ses Rayons sur les Climats de l'Ebre.

Les Aftres de Bourbon autour du Soleil, avec ces mots de Virgile.
SOLEMQVE SVVM SVA SYDERA NORVNT.

Auprés de ce bel Aftre, on les voit toûiours luire

Il eft aifé d'en faire l'application à Meffeigneurs les Princes &, au Roy.

Antiqua noftris, cedite sydera,

Sæclum innovatur. Jam nova gentibus,

Siftuntur Aftra hæc, quæ per orbem,

Aurifero spatientur Igne.

Les trois Fleurs de Lys des Armes de France toutes éclatantes de lumiere, étoient placées en plufieurs endroits; & faifoient un Symbole brillant des trois Princes Fils de Monfeigneur.

SYDEREO... CLYPEO, ET CÆLESTIBVS ARMIS.

Il faut un si beau Champ pour de si belles Fleurs.

Germana Fratrum Symbola Principum,

Aurata campo Lilia Cærulo,

Fulgent, inhærentefque Flammæ,

In clypeo glomerantur uno,

Vne Epigrame, & une Devife fur cette Illumination, en achevoient tout
l'Apareil, dans lequel on avoit pris foin de faire paroître beaucoup de Cœurs
enflamez, parmy les Hyeroglifes qu'on y avoit peints. C'étoient autant de
Symboles de la Jufte gratitude qui eft dûë aux bontez du Roy.

Quot feftos, Lodoice, tibi Domus excitat Ignes.

Tot tibi Corda ardent, tot tibi corda micant.

Le Corps de la Devife repréfentoit un nuage fort noir, d'où partoient
plufieurs Rayons dont l'éclat étoit relevé par l'obfcurité du Ciel.

VENIT A NIGREDINE LVMEN.

Mirandum Offufa venit à nigredine lumen,

Fit Magis à nigro, fplendida Flamma finu.

DEPART

LE DEPART
DE MESSEIGNEVRS
les Princes.

Tandis que les Princes furent à Avignon, on continua toutes les nuits l'Illumination des Maisons. Celle du Noviciat des Jesuites fut l'une des plus agreables. Elle formoit un Ordre de Lumiere semblable à l'Ordre d'Architecture du Dome, & du Frontispice de son Eglise, qui est bâtie à l'honneur de Saint Loüis. L'illumination du Grand Hôtel-Dieu fut encore des plus remarquables. Monsieur de Cabanes, & les autres Recteurs la firent accompagner d'un grand nombre de Fusées que l'on tira.

Il parut aussi en ce temps-là quelques piéces d'esprit sur le voyage de Messeigneurs les Princes à qui elles furent présentées. Les plus aplaudies furent une Ode de Monsieur Guintrandy, en Vers François, où l'on voit beaucoup de Genie Poëtique, & de bon goût ; & une autre de Monsieur de Saint Didier Limogeon, laquelle ayant esté présentée à l'Academie Françoise de Touloule, a remporté le Prix des Jeux Floraux.

C'est ainsi que cette Ville donnoit tous les jours des marques publiques de la joye qu'elle avoit de posseder ces Grands Princes, dont le depart fut fixé au Lundy de Pâques. Ce jour-là les Bourgeois parurent de nouveau sous les armes avec toute la Magnificence, & le bel ordre des jours précedents. Ceux qui se distinguerent le plus parmy les Officiers subalternes furent le jeune Monsieur Augier, & Monsieur Michellet ; Celuy-cy avoit formé un Corps de volontaires, tous hommes choisis, & fort lestes, dont la bonne grace, & la propreté secondoit celle de leur Capitaine. Ces Troupes furent rangées dez les huit heures du matin, depuis la place du Palais, jusqu'à la porte de Saint Michel, par où Messeigneurs les Princes devoient partir. Monseigneur le Vice Legat leur ayant fait sa Cour depuis la Messe qu'ils oüirent dans la Chapelle du Palais, jusqu'à ce qu'ils furent entrés dans leur Carrosse, monta ensuite dans le sien avec Monsieur le Commandant Bonaventure, & Monsieur le Major de la Volpe, pour prendre les devants, & se rendre à Caderousse où il avoit déja ordonné de grands préparatifs pour y régaler magnifiquement toute la Cour.

Quand Messeigneurs les Princes furent à la porte de Saint Michel, ils y trouverent Monsieur le Viguier, Messieurs les Consuls, & Asseseur qui les attendoient en Chaperon, & en habit de Céremonie, pour les remercier de l'honneur qu'ils avoient fait à la Ville d'Avignon, & les asseurer de nouveau de leur profonde vénération envers leurs Augustes Personnes. Là ils trouverent encore sous les armes, & en bon ordre une partie de la garni-

L I

son Italiene que commande Monsieur Bonaventure. Les Compagnies de l'Arbaléte avec celle de l'Arc, étoient rangées en haye tout le long du Cours; & sans répeter icy ce qu'on a dit de la Magnificence des Chefs de ces deux Compagnies, ny de la dépense qu'ils firent en cette occasion; On doit avoüer qu'elles firent l'un des plus beaux spectacles, & des plus beaux ornemens de cette Reception. Aussi l'on a crû que le Public seroit bien aise d'en voir un essay tel qu'il paroit dans la figure cy-jointe, qu'on a tirée sur le dessein de Monsieur Bassinet d'Augard, l'un des hommes du Royaume qui entendent mieux toutes les delicatesses de ce bel Art, & qui a bien voulu faire ce plaisir à ses amis.

Dés que le Carrosse de Messeigneurs les Princes parut au présde la Porte de Saint Lazare, on les salua par la décharge de six vingt pieces de Canon, tandis qu'un monde infini se répandoit le long des chemins pour avoir encore une fois le plaisir de les voir. La Compagnie des Chevaux Legers de Monseigneur le Vice Legat, marcha devant leur carrosse une lieuë durant comme elle l'avoit fait le jour deleur entrée, ayant Monsieur Maildalchini à sa téte, & les autres Officiers dans leur rang ordinaire.

Cependant Monsieur de Jarente Cabanes le Fils Gouverneur du lieu, & Château du Pont de Sorgue, aprés avoir paru à la téte d'un corps de troupes à Avignon, prit la poste pour se rendre à son Gouvernement, où il eût encore l'honneur de recevoir Messeigneurs les Princes à la téte de trois cens Bourgeois qu'il avoit fait mettre sous les armes, suivant les Ordres de Monseigneur le Vice-Legat. Du Pont de Sorgue, Messeigneurs les Princes ayant continué leur route jusqu'à Caderousse, où ils allerent coucher, ils y furent reçûs en descendant de carosse, par ce Prélat qui leur avoit fait préparer la maison de Monsieur d'Vrban dont les appartemens furent trouvez de bon goût, & tout à fait commodes pour la Cour.

C'est-là que Monseigneur l'Evéque, le Gouverneur, & les Consuls d'Orange se rendirent avec les présens, que cette ville avoit préparé pour Messeigneurs les Princes. Le Parlement s'y rendit aussi selon l'ordre qu'il en avoit reçû, & monsieur de Fournier de Carles Seigneur de Pradines, à la téte de ce Corps dont il est Doyen, fut introduit dans la chambre de Monseigneur le Duc de Bourgogne qu'il harangua en ces termes.

Monseigneur,

Le Parlement d'Orange se présente par ses Deputez devant vous, pour vous assûrer de ses trés-humbles respects: Nous en avons reçû l'ordre exprés de Nôtre Maître, & c'est avec une ioye extréme que nous venons executer ce commandement. Habitans au milieu de la France, respirans un même Air, pourrions-nous avoir un cœur different des François, & tandis qu'ils s'empressent à l'envie de témoigner la ioye qu'ils ont de vous voir, ce seroit pour nous une rude contrainte d'avoir les mesmes sentimens, & ne les pouvoir marquer. Oui Monseigneur nous lisons avec eux dans vôtre Auguste personne l'heureuse destinée des peuples ausquels vôtre sang Royal donnera à iamais la loy, & puisque comme voisins nous devons prendre part à leur bonheur, ce nous est un doux commandement de venir vous en témoigner nostre ioye. Puisse une paix éternelle nous laisser toûiours dans la liberté de suivre les mouvemens de nos cœurs, pour rendre à vôtre illustre ayeul, & à son Sang Royal les Profonds respects que nous venons vous présenter auiourd'huy.

Ce soir la mesme on apprit par un Courier du Roy, que Monseigneur le Duc de Bourgogne commanderoit en Flandre, si la Hollande venoit à se déclarer contre la France. Tandis que la Cour étoit en fête sur cette nouvelle, On regala Messeigneurs les Princes de ces Vers, qui eurent le bonheur de leur agréer. Ils paroissoient depuis leur arrivée à Avignon, au sujet des conjonctures presentes.

AVIS AUX HOLLANDOIS POVR
leur apprendre à ne pas se joüer à la France.

Quint' & Quatorze à certain Jeu
Toûiours, où peu s'en faut, font gagner la partie,
Or, dans le cas present, de vôtre propre aveu,
C'est ainsi du François que la Main est fournie :
Elle a Quatorze dans Louïs,
Sur Philippe, Quint on a mis ;
Mais voulez vous encor'empêcher qu'il ne gaigne ?
Joüez même ieu que l'Espagne :
Autrement, à ce coup, ie veux passer pour Sot ;
Si Loüis ne vous fait Pic, Repic, & Capot.

Le Mardy matin aprés avoir oüi la Messe, Messeigneurs les Princes prirent le chemin de Mornas, où ils allerent dîner, Ils furent reçus à l'entrée de la Principauté d'Orange, par Monsieur de Lubiere qui s'y rendit à la tête de la Noblesse du Pays, suivi d'une Compagnie de Suisses, que la Cour trouva fort leste, & en bel ordre. Ce Gouverneur eût l'honneur d'aller à cheval, à côté du carrosse des Princes, durant le peu de temps qu'ils furent dans la Principauté, & de satisfaire Monseigneur le Duc de Bourgogne sur les demandes qu'il voûlut bien lui faire.

On coucha ce soir là à Boulène, où Monseigneur le Vice-Legat continua à régaler Messeigneurs les Princes avec une Magnificence extraordinaire, comme il l'avoit fait à Caderousse & à Avignon, où il avoit tenu matin & foir, jufqu'à douze tables de vingt couverts chacune, qui furent toûjours fervies avec autant de delicateffe, que d'abondance.

Le lendemain trenteiéme de Mars Monfeigneur le Vice Legat fe trouva au petit lever de Monfeigneur le Duc de Bourgogne qui alla peu de temps après à la Meffe avec Monfeigneur le Duc de Berry, & comme il s'étoit apperceu que la Cour trouvoit extrémément beau l'Attelage de fes Chevaux d'Italie, il renouvella plus fortement que jamais les inftances qu'il avoit déja fait reïterer plufieurs fois auprès de Monfeigneur le Duc de Bourgogne pour le prier de les agréer, mais ce Grand Prince lui fçût toûjours bon gré de cet empreffement, fans accepter fon offre. Alors Meffeigneurs les Princes ayant à quitter les Etats du Pape, pour entrer dans le Dauphiné, Son Excellence leur fit un compliment plein de cet efprit egalement jufte, & folide qui lui eft naturel, & qui fert à foûtenir noblement toute la Dignité de fon Miniftere; Meffeigneurs les Princes luy témoignerent avec beaucoup de marques d'une bonté Royale, combien ils eftoient fatisfaits des foins qu'il s'étoit donnez, & en particulier du bel ordre, & de la Magnificence avec laquelle il avoit pourvû à tout ce qui pouvoit leur faire plaifir.

C'eft de quoi le Roy ayant efté informé par eux-mefmes, & voulant donner à ce Prélat des marques publiques, & éternelles de fon eftime, luy envoya quelque temps après, un de fes Portraits en Mignature garny de plufieurs Diamants d'un grand prix. Honneur auquel Monfieur le Commandeur Maldachini eut auffi part dans un autre préfent proportionné à fon rang & à fon merite.

Portrait de Loüis le Grand envoyé à Monfeigneur le Vice-Legat l'Abé Sanvitali.

Ces preuves éclatantes de la fatisfaction du Roi, & de Meffeigneurs les Princes, ont fait voir à fa Sainteté qu'elle ne pouvoit pas fouhaiter dans cette importante occafion un Miniftre qui fecondât fes deffeins avec plus de zéle & d'application que l'a fait Monfeigneur Sanvitali, comme il ne pouvoit pas fouhaiter luy méme des Confuls qui apportaffent plus de vigilance qu'on l'a fait pour répondre à fes intentions, & executer les Ordres du Saint Pere. C'eft de quoi ils ont eu des affeurances bien glorieufes de la Cour de Rome, de méme que le Venerable Chapître de Nôtre Dame des Doms à qui Monfeigneur le Cardinal Pauluci a fait fçavoir par une lettre que cette Eminence a écrite à Monfieur le Prévôt de Cabanes, la finguliere fatisfaction qu'a reçû Sa Sainteté d'apprendre les preuves admirables de la Pieté de nos Princes : Et pour Couronner tout ce que j'ay dit de *l'Augufte Pieté de la Royale Maifon de Bourbon* Je ne fçaurois mieux terminer cet Ouvrage que par le Magnifique Eloge que Nôtre Saint Pere le Pape vient de faire de celle du Roi à l'ocafion de la mort du feu Roi d'Angleterre Jacques II. Car aptés avoir dit les chofes du monde les plus Nobles, & les plus touchantes fur la perte de ce Grand Prince, il ajoûte.

EXIMIAM

EXIMIAM AC REGIO PLANE ANIMO DIGNAM CHARISSIMI IN CHRISTO FILII NOSTRI LUDO
VICI FRANCORUM REGIS VIRTVTEM, HAC OCCASIONE SILERE NON POSSUMUS, QUI
QUEMADMODUM OLIM JACOBUM REGEM E REGNO NEFARIE DETURBATUM, CUM REGIA
CONJUGE, ET NATO, MAGNIFICE, ET LIBERALISSIME EXCEPERAT, ITA EI SEMPER
OMNIBUS BENEVOLENTIÆ, ET HUMANITATIS OFFICIIS USQUE AD EXTREMUM ADSTITIT
ET QUOD ILLUSTRIUS EST, SUPERSTITEM ILLIUS FILIUM A CHARISSIMA IN CHRISTO FILIA
NOSTA MARIA REGINA EJUS MATRE IN PATERNAM VIRTUTUM EMULATIONEM EDUCATUM,
BENIGNE COMPLEXUS, UTI VERUM BRITANNICI REGNI HÆREDEM, DIFFICILLIMO HOC
TEMPORE, OMNI PRORSUS PROPRII COMMODI RATIONE NEGLECTA, PALAM AGNOVIT,
EUMQUE IN CATHOLICÆ FIDEI, QUACUMQUE DEMUM ADVENIENTE FORTUNA, FORTI-
TER ASSERENDÆ PROPOSITO EGREGIE CONFIRMAVIT. QUA SANE IN RE CUM IPSIUS
CHRISTIANISSIMI REGIS ZELUS, ET ANIMI MAGNITUTO MIRIFICE ELUCEANT, NOSTRÆ ET
OMNIUM VESTRUM LAUDES EI MERITO DEBENTUR, QUAS QUIDEM UBERRIMAS POSTERI
OMNES ILLI REDDENT, DUM PRÆCLARI FACTI MEMORIAM RECOLENT NUMQUAM INTE-
RITURAM.

Aprés qne l'Oracle a parlé il ne me reste plus rien à dire, trop heureux
si je pouvois seulement en devenir le fidele Interprete, par l'explication
que j'ajoûte à ces Nobles, & Energiques expressions dont j'ai tâché de rendre le sens, & la force autant que le genie de la Langue Françoise le peut
permettre.

*Nous ne sçaurions dans cette rencontre nous taire au suiet des
vertus vrayement Royales de Nostre Trés-Cher Fils en J. C. Le
Roy Trés-Chrétien. Ce Grand Monarque aprés avoir reçu dans
ses Estats, avec une Magnificence & une liberalité extraordinaire, le Roy Jacques indignement detroné, la Reine son épouse,
& le Prince leur Fils ; il lui a continué iusqu'au dernier soûpir,
des marques constantes de la bien-veillance, & de l'amitié la plus
sincere ; & ce qu'il a fait de plus admirable encore, c'est que sans
avoir égard à ses propres interests, malgré les conionctures du
monde les plus delicates, il a reconnu publiquement pour le veritable Heritier de la Couronne d'Angleterre le Prince de Galle,
que la Reine Marie sa Mere ; Nostre Tres-Chere Fille en Jesus
Christ, à formé sur le modele des grandes vertus du feu Roy son
Pere, & par ce moyen le Roi Trés Chrétien a sagement engagé ce
Ieune Prince à soûtenir & deffendre Constamment les interests de
la Religion Catholique ; de quelle maniere que les affaires tour-
nent iamais. C'est pour quoi ce Grand Monarque ayant fait éclater dans cette rencontre, d'une maniere si heroïque, la grandeur de
son ame, & son zele pour la Religion, nous ne sçaurions nous*

M m

dispenser de lui donner tous emsemble les loüanges qu'il merite,
& si la posterité lui fait iustice, elle ne cessera iamais de donner
de magnifiques Eloges à une conduite si genereuse.

Ce que ce Grand Pape dit en plein Consistoire, à la gloire du Roy,
il le luy a confirmé depuis, dans un Bref où l'on voit revivre, ainsi que dans
les Homelies qu'il a faites à Rome, toute la force, & la Majesté du style
des Leons, & des Gregoires dont il est le digne successeur. Dans ce Bref,
aprés avoir encore exalté la Pieté de Loüis le Grand, & son zéle pour
la Religion, le Saint Pere témoigne souhaiter de tout son cœur que
l'Auteur de tous les biens, verse à pleines mains ses Benedictions Celestes
sur sa Majesté Trés-Chrétienne.

In inclyto
& nullis non
Laudibus effe-
rendo Pietatis
Testimonio,&c.
Specimen ani-
mi verè Chri-
stianissimi, &c.
Zelum Reli-
gionis, nec non
justitiæ.
Clem. XI. ad
Reg. Christianiss.
Lud. XIV.

AUTHOREM BONORUM OMNIUM EFFUSIS VOTIS PRECA-
MUR, UT TIBI RECENS HOC IN SUAM ECLESIAM PROMERITUM,
SUPERNORUM MUNERUM LARGITATE REPENDAT.

FIN.

Avec Permißion des Superieurs.

TABLE

Des Matieres les plus Remarquables.

FIN DE LA TABLE.

ERRATA.

Page 3. témoigneut, liſez, témoignoient.
p. 9. Se fut mit, liſez, ſe fut mis.
p. 13. Ce ſecours, liſez, le ſecours.
p. 38. Liſez, d'une exacte équité l'on me prend pour
  Modele.
p. 32. Qui lui cede, liſez, qui cede.
p. 53. Bienvueillance, liſez, Bienveillance.

p. 53. Honneurs, liſez, honeurs.
p. 55. Hyerolymorum, liſez, hyeroſolymorum.
p. 78. Stemate, liſez, ſtemmate.
p. 86. Que, porro liſez, Quæ.
p. 105. Aurent, liſez, eurent.
p. 119. L'idolatrie combatuë liſez l'Infidelité combatuë.

F I N.

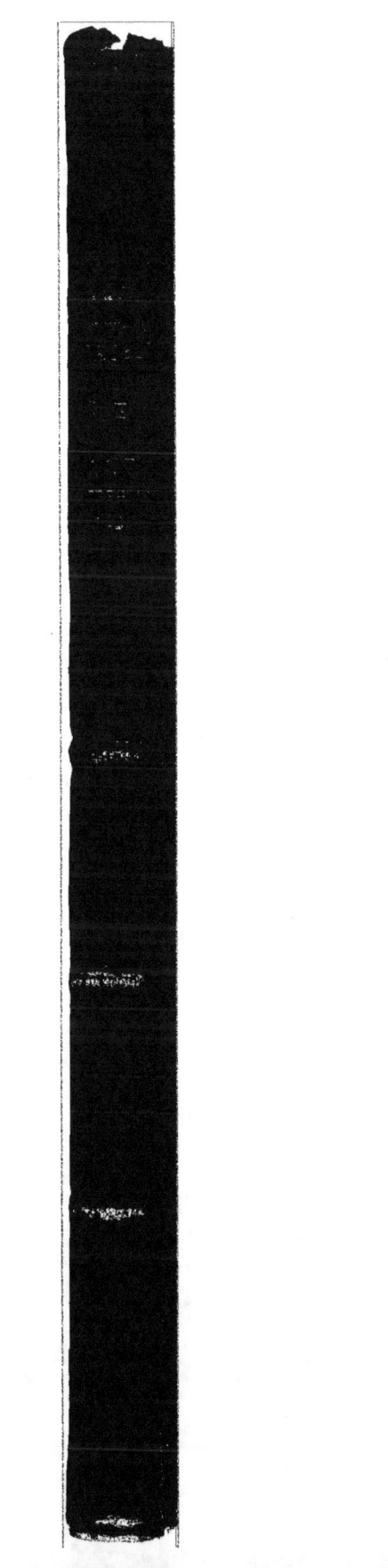